やはり俺の
青春ラブコメ
まちがってい
アンソロジー2

My youth romantic come
wrong as I expected.
Anthology 2 onparade

オンパレード

ぽんかん⑧
Ponkan

ム〜
Zzz
ムム

はちまーん
?
しらび
Shirabii

戸部淑
Sunaho Tobe

紅 緒
Benio

Illustrator's Profile

ぽんかん⑧／イラストレーター。担当作に、『やはり俺の青春ラブコメはまちがっている。』シリーズ（ガガガ文庫）、『生徒会探偵キリカ』シリーズ（講談社ラノベ文庫）ほか、『SHIROBAKO』のキャラクター原案などがある（口絵p1）

しらび／イラストレーター。担当作に、『りゅうおうのおしごと！』シリーズ（GA文庫）、『無彩限のファントム・ワールド』シリーズ（KAエスマ文庫）、『86－エイティシックス－』シリーズ（電撃文庫）などがある（口絵p2-3、挿絵p27）

紅緒／イラストレーター。担当作に、『数字で救う！弱小国家』シリーズ（電撃文庫）、『友人キャラは大変ですか?』シリーズ（ガガガ文庫）、『スライム倒して300年、知らないうちにレベルMAXになってました』シリーズ（GAノベル）などがある。（口絵p6-7、挿絵p91）

戸部 淑／イラストレーター。担当作に、『人類は衰退しました』シリーズ（ガガガ文庫）ほか、『ぷよぷよ～ん』キャラクター原案、『Riviera～約束の地リヴィエラ～』キャラクターイラストなどがある。（口絵p4-5、挿絵p119）

Ukami うかみ／イラストレーター、漫画家。漫画『青春おうか部』（電撃コミックスEX）、『ガヴリールドロップアウト』（電撃コミックスNEXT）の執筆のほか、担当作に、『クズと天使の二週目生活』シリーズ（ガガガ文庫）などがある（挿絵p183）

ANTHOLOGY2 ONPARADE
やはり俺の
青春ラブコメ
まちがってい
アンソロジー2
My youth romantic com
wrong as I expected.
Anthology 2 onparade
オンパレード

Contents

design: numata rina

やはり千葉のハイライン《*》はまちがっている。

白鳥士郎
挿絵：しらび

「はっちまーん！」

改札の向こう側で天使が手を振っていた。

……あれ？　おかしいな？

俺は今日ここで同級生の男子と待ち合わせをしてたはずなのに……天使がいるよ？

立ち止まって目をゴシゴシこする。

……あれ？　おかしいな？（以下ループ）

「はっちまーん！　ここだよー！　おーい！」

立ち止まって目をこすってる俺に向かって、天使はぴょんぴょん飛び跳ねながら手を振り続けている。ああ〜、心がぴょんぴょんするんじゃ〜。

いや。

天使なんかじゃない。

あれは俺の同級生——戸塚彩加《とつかさいか》だ。

「うわ！　めちゃ美少女……」

「あの目つきの悪い男のカノジョか？　信じらんねー……」

改札を潜《くぐ》っていく人々が笑顔で手を振るぴょんぴょん戸塚に驚愕《きようがく》と羨望《せんぼう》の眼差《まなざ》しを向け、次に俺の顔を見て疑問と怨嗟《えんさ》の声を投げつけてくる。

戸塚彩加は、肉体的には男性、ということになっている。

もちろんこれは俺の勘違いということもある。その証拠に、駅を利用する人々の中で戸塚のことを男だと思っているのは一人もいないだろう。誰もがとびきりの美少女だと信じて疑わないはずだ。

だとしたらもう、戸塚は女の子だよね？

「はっちまーん！　うしろ！　うしろ詰まっちゃってるよ！　どうして改札の前でぼーっと立ってるの!?　はやく来て！」

わかったイクぞ！　全部受け止めろ!!

出会って二秒で合体、ではなく合流すべく、心を整えて天使のもとへと一歩を踏み出す。ほぼイキかけました……。

改札をくぐった俺は、戸塚に軽く頭を下げる。

「すまん。遅れた」

「ううん違うよ。八幡《はちまん》は時間通り。ぼく、八幡と出かけるのが楽しみすぎて一本早い電車で来ちゃったんだ！」

そう言うと、戸塚《とつか》は少し恥ずかしそうに「えへへ」と笑って俯《うつむ》く。

「ッ⁉」

あっぶねぇ……。

衝動的に抱きしめて告りそうになってたわ……。

赤くなった自分の顔を見られないよう、俺は横を向いて別の話をする。

「まあ、その……アレだな。蘇我《そが》駅って、こんな風になってたのな？」

「あはは。かわいいよね」

かわいい……かは意見の分かれるところだろう。

改札を出る前から、駅の中はサッカー一色。

駅の壁面には寄せ書きがされたチームフラッグが飾られており、至る所にチームカラーである黄色と緑と赤が配されている。

どちらかといえば無味乾燥な灰色が多いＪＲの駅の中で、ここ蘇我駅だけが明らかに異彩を放っていた。

駅ナカのパン屋のおばちゃんまでもが黄色いユニフォーム姿でレジを打ってる姿は、お世辞にも「かわいい」感じではない。どうしても、こう……着させられてる感が出てしまうというか押しつけがましい感じがするというか。

しかもさっきチラッとホームから見えたんだが駅前のロータリーにはマスコットの像まで建

ってた。二匹の犬が楽しそうにサッカーボールを蹴ってる像だ。

複雑な俺の表情を下から覗《のぞ》き込むようにしつつ、戸塚は尋ねてくる。

「もしかして八幡《はちまん》……蘇我駅で降りたのって初めて？」

ちょっ……シャツの首元から胸が見えそうになってるから！　俺は戸塚の胸元をチラ見しつつ、横を向いたまま多少ぶっきらぼうに答えた。

「蘇我なんて乗り換えですらほぼ使わない通過駅だからな。それに休日は電車に乗ることもほとんどないし」

「ぼくは部活で使うこともあるよ。お休みの日は、ユニフォーム姿の人を駅でも電車でもちらほら見かけるかな」

「ま、学校から近いっちゃ近いしな」

そうなのだ。

総武《そうぶ》高校の最寄り駅である稲毛海岸《いなげかいがん》駅とここ蘇我駅は、わずか二駅しか離れていない。

さらに蘇我は千葉駅まで五分、東京駅まで約四〇分と大都市圏とも近く、内房線・外房線・京葉線・京葉臨海鉄道臨海本線の四路線が乗り入れるターミナル駅でもある。

その立地から、蘇我駅周辺のこのエリアは千葉都心、幕張新都心に続く第三の都心として今後も発展していく予定なのだという。第三新千葉都心なのだ。

……とはいえ今のところは工場ばかりが広がる、殺風景な場所という印象が強い。

そんな、普段はあまり縁のない、近所に住んでる親戚みたいな蘇我《そが》駅に俺と戸塚《とつか》を招いたのは――

「二人とも、今日はよく来てくれたね」

爽《さわ》やかな笑顔と共に音も無く現れた人物を見て、俺は思わず「えっ」と声を上げそうになっていた。

葉山隼人《はやまはやと》。

サッカー部の部長で、俺と戸塚をこの蘇我駅に呼んだ張本人である。

普段は制服でも私服でもオサレに着こなすリア充……のはずだが、この日は黄色ほぼ一色のサッカーユニフォームを身に纏《まと》っている。首にも同じように黄色いマフラーのようなものを巻いていた。

どちらかといえば落ち着いた装《よそお》いを好む印象がある葉山にしては、かなり派手だ。

「わっ！　葉山君、レプユニとタオマフの完全装備だね！　サポーターって感じがするね。さすがサッカー部！」

「れぷ……ゆに？」

「レプリカユニフォームのことさ」

そう爽やかに答えると、葉山は俺にもう一度「ヒキタニくん、今日はよく来てくれたね」と言った。

「ああ、自分でも驚いてる」

俺は率直にそう答えた。

サッカーをスタジアムで現地観戦するなんて、とんでもなくリア充な行為だ。

ああいうのってパリピが徒党を組んでオーレーオーレーするんでしょ？　俺俺って自己主張しすぎじゃない？　オレオレ詐欺《さぎ》か？　どんだけ自分好きなの？

「千葉のスポンサーにはＪＲ東日本も入ってるから」

「ん？」

急な話題転換についていけず聞き返すと、

「さっき蘇我駅のことを話してただろ？」

「聞こえてたのか？」

「いや。でも雰囲気でわかったよ」

きっかけは、俺と戸塚が休日にどこかへ出かけようかと話していたら、そこになぜか葉山が口を挟んできたというものだった。

タダ券があるからサッカーを観に行こう、学校からも近いから、ぜんぜん怖くないから……と言葉巧みに説得されて、こうして奇妙な三人組で休日を過ごすことになったのだ。

まあ材木座《ざいもくざ》とか川ナントカさんに絡まれるよりましなんだが……できれば戸塚と二人きりでどこか遠くへ行きたかった。誰もいない……二人だけの場所へ……。

そんなわけで俺は非常に複雑な気分なのだ。

でもここで俺だけ帰ると戸塚《とつか》を葉山《はやま》と二人きりにしちゃうし……そんなことになったら葉山は間違いなく戸塚のことを好きになってしまうだろう。戸塚と二人だけの状況でその魅力に抗《あらが》うことができる人間などこの地上に存在するわけがないのだから。

悶々《もんもん》とする俺をよそに、戸塚は無垢《むく》な表情で葉山に質問していた。

「ところで葉山君。どうしてサッカー観戦をするのに『タッパーを持って来い』なんて言ったの？」

「それは行けばわかるよ」

葉山は謎めいた笑《え》みを浮かべると、俺たちの半歩前を先導し、スタジアムへと向かって歩き始めた。

この時に気付いておくべきだったんだ。

今日の……いや、俺たちをスタジアムに誘ったその瞬間から、葉山は少しおかしかったということに。

×　×　×

駅からスタジアムまでは一直線らしいが、それなりに距離はあるということで、三人で話しながら歩いた。

とはいえこの三人でどこかに行くということは普段ほぼないし、共通の話題があるわけでもない。

よって会話もどこかぎこちない。体育の授業でサッカーをする時のパス回しみたいにぎこちない。

「……ところで二人は、普段はサッカーを観たりするのかな?」

無理矢理話題を捻《ひね》り出した感じのする葉山の質問に、戸塚と俺はそれぞれ答えた。

「ぼくは代表戦くらいかなぁ。ワールドカップは夜更かしして見ちゃうよね!」

「俺もちばぎんカップくらいかなぁ」

ちばぎんカップはその名の通り千葉銀行グループが冠《かんむり》スポンサーを務める、FIFAワールドカップやUEFAチャンピオンズリーグと並ぶ世界三大カップ戦の一つである。

千葉と柏《かしわ》のサッカーチームがほぼ毎年、どっちが千葉県で一番強いかを決める最強決定戦なのだ。事実上の世界最強決定戦だからワールドカップと同格の扱いも納得だね!

……というネット上でよく使われる冗談を言ってみたんだが、俺の返事を聞いた葉山はギラリと目を輝かせて異様な喰《く》いつきを見せた。

「ちばぎんカップを見てるのか!? じゃあ千葉の選手にも詳しいんだな? 誰が好きか聞いてもいいかい?」

「リトバルスキーかな」

「すごいな！　ヒキタニくんは相当昔から千葉を応援してるのか？」

「いやリトバルスキーって俺らが生まれる前の選手だろ。知ってる名前を適当に出しただけだよ……気付けよ……」

どうも今日の葉山《はやま》は前のめりというか、こっちの嫌味やボケが通じないくらいストレートに喰《く》いついてくるから間合いが取りづらい。

ちなみにリトバルスキーは二十年以上前に千葉にいたドイツ人選手で、日本で現役引退してからは監督をやったりしてたってネットか何かで見た。二人目の奥さんは日本人で、確か萩原《はぎわら》健一《けんいち》の最初の奥さんだったはず。本人も日本語がペラペラだ。このあたりは千葉県民なら誰でも知ってる基礎知識。

ここまで言ってようやく葉山は、俺があまりサッカー観戦に乗り気じゃないことに気付く。

「もしかして君は……サッカーが嫌いだったのか？」

「サッカーが嫌いというよりも、渋谷で騒いでるような連中が嫌いなんだよ。試合に勝って選手達が喜ぶのは理解できるが、赤の他人がそのことで騒ぐ心理がよくわからんし、他人に迷惑をかけても許されるって考えはさらによくわからん」

かつて国会議員をやってた自称・深キョン似の勘違い女が、国内有数のビッグクラブのファンと揉《も》めた際に、こんな言葉を放った。

『他人に自分の人生乗っけてんじゃねえよ』

真理とはしばしばクソの口から放たれるものである。

なぜならばクソの言うことに少しでも納得してしまうのであれば、それはクソ以外の口から出たならなおさら反論しづらいからだ。

とまあ、そんなわけで俺もかなり棘《とげ》のある言い方をしてみたんだが――

「そうだな。本当にその通りだ」

意外にも葉山は俺の言葉に同意する。

「楽しみ方は人それぞれだとは思うけど、俺もスタジアムの外で騒いで周囲に迷惑をかけるような連中は好きじゃないし、同じサポーターとは思われたくない」

「そうなのか？」

「そもそも俺は国内クラブの試合を見ずに代表や海外組だけ応援するようなのはどうかと思うんだ。国内リーグという、安心して成長できる環境があるからこそ、海外にチャレンジすることができるんだからな。ヒキタニくんもそうは思わないか？　今日はせっかくの機会だし、国内リーグのレベルの高さをぜひその目で確かめてみて欲しい。いい選手がいっぱいいるから」

「お、おう……なるほど。うん。よくわかった」

やはり今日の葉山とは距離の取り方が難しい……。

葉山から視線を外して周囲を見回せば、身体《からだ》のどこかに黄色いものを身に付けた連中がぞろぞろと同じ方向へと歩いて行く。

　まるで聖地エルサレムを目指す巡礼者達のようだった。いや巡礼者とか見たことないけど多分こんな感じのはず。

　そんな連中をぼんやり眺めつつ、俺は独り言のように言った。

「黄色が千葉のファン……サッカーだとサポーターっていうんだったか？」

「ああ。同じ方向に向かって歩いてるのは、だいたいそうだと思っていい。そうじゃなかったらこの辺りは車を使うから」

　サッカーはサポーター、バスケはブースター。

　事前に葉山《はやま》から受けていた説明によれば、サッカーの応援というのは手を叩《たた》いたり『チャント』『コール』と呼ばれる替え歌みたいなものを太鼓のリズムに合わせて歌ったりするのが主流なのだという。

　テレビで代表戦なんかを観てると『おお～、にっぽ～、にぃっぽ～にぃっぽ～にぃっぽ～』ってお経みたいなのが漏れ聞こえてくるが、あれがチャントなんだと。

　戸塚《とつか》が興奮した様子で言う。

「ぼく、ユーチューブでチャントを聞いて少しだけ憶えてきたよ！」

「そんなのが配信されてるのか？」

　俺が尋ねると、また葉山が喰《く》い気味に説明してくれた。

「サポーター団体が録音して配信するんだよ。応援は、あくまでサポーターが自主的にするものだからね。戸塚は何を憶えて来てくれたんだ？」

「んーとね。ともにー、あゆもおー……ってやつ」

「アメイジング・グレイスか。それは選手入場の時に歌う」

二人が何を話してるかサッパリわからなかったが、戸塚の歌が少しでも聴けたのでとてもよかったと思います。

まさに天使の歌声だ。試合開始前に国歌独唱して欲しいレベル。

とはいえ自分が歌うとなれば話は別だ。俺は葉山に確認する。

「それは必ず歌わなきゃならないのか？」

「観戦する場所による。大声で歌ったほうがいいエリアもあれば、あまり大きな声を出すと嫌がられるようなエリアもあるんだ。いろんな人が観に来るから」

ふむ。スタジアムまで行くような連中はだいたい騒いでるもんだと思ったが、そういうわけでもないらしい。

「ゴールの裏が最も激しく応援するエリアなんだが、そこは基本的に立ちっぱなしだし試合も観づらいから初めて観戦するには向いてないと思うな」

「観づらい？　どうして？」

「サッカーっていうのは横からだと両方のゴールが見えるけど、縦からだとどちらか一方のゴールしか見えないからさ」

ああ。なるほど。

「ま、プレーするときは基本的に縦から見るから、俺にとってはそっちも勉強にはなるんだけどね」

普段テレビで観るだけの俺にとって、サッカーをどんな角度から観るのがいいかなんて、考えたことすらなかった。

スタジアムに向かって歩く人々を眺めながら、戸塚《とつか》がポツリと言う。

「ほとんどの人が応援グッズを持ってるんだねぇ。ぼくたち、スタジアムで浮いちゃわないかな……？」

「二人とも、よかったらグッズを貸そうか？」

「えっ!?　いいの？」

子犬がうれしそうに耳をピンってさせるみたいに、戸塚が高い声を出して目を輝かせる。

だが。

俺は嬉しさよりも先に、なぜか警戒感を覚えた。

葉山《はやま》の「貸そうか？」という言葉が……まるでアリが罠《わな》にはまるのを待つ蟻地獄のような響きを持っていたように聞こえたからかもしれない。勘違いだとは思うんだが。

子犬みたいに喜んだ戸塚も、別の理由から表情を曇らせる。

「あっ……でもそんなことしたら、葉山君のグッズがなくなっちゃうんじゃない？」

「そうだな。やっぱり借りるのは悪い――」

俺が言い終わる前に葉山は鞄《かばん》から黄色いユニフォームを掴《つか》み出していた。

「大丈夫さ。ユニフォームはホームゲーム用とアウェーゲーム用、それにゴールキーパー用もホームとアウェーがあるから毎年最低四着は購入する。当然だろう？」

「お、おう……そうか」

一着でいいんじゃないのか？

喉の先っぽまでそんな声が出かけたが、他人が趣味にどんだけ金を突っ込もうが、それを批判するのは野暮というもんだろう。俺だって小町《こまち》に家で「お兄ちゃんの読んでるラノベって全部表紙同じだけど、同じ本買って何が楽しいの？　えっ？　これ全部違う作品？」とか言われるとさすがにムッとするからな。

「ちょっとブカブカだけど……どう？　似合ってるかな？」

葉山のユニフォームは戸塚にはオーバーサイズだったため、シャツの上からそのままずぼっと首を通しただけ。

その場でくるりんぱっ！　と一回転する戸塚。

「いいんじゃないか？　なあヒキタニくん」

「ああ……最高だな！」

女子がサイズのでかい野球のユニフォームとか着てると異様にかわいく見えたりする時があるが、今の戸塚《とつか》がまさにそれだった。芽吹きかけていた葉山《はやま》への警戒感はユニ戸塚の放つ聖なる光によって焼却された。

戸塚がかわいいから、今日は戸塚記念日。

× × ×

「うわぁっ！　試合の二時間前なのに、もうこんなに人が並んでるの!?」

スタジアムの敷地内に到達すると、目の前に、信じられないくらいの行列が出現した。

マジか……一万人くらいいるんじゃないのかこれ？

驚く俺たちに葉山が言った。

「二時間前といっても、開始一時間前にはピッチ内練習が始まる。だから実質的にはもう一時間前なんだ」

「「？？？」」

わかったようなわからないような理屈をサラッと言われて一瞬だけ戸惑う俺と戸塚だったが、葉山がそう言うんならそうなんだろうという信頼のほうが強かったので、それ以上追及することはなかった。

「スタジアムにもよるけど、本気で観る時は日付が変わった瞬間に列を作ったりするよ」

「おい葉山《はやま》……これに並ぶのか……？」

「その必要はないさ。最前列で見たければ並ぶ必要があるけど、今日はスタジアムの雰囲気そのものを味わって欲しいから」

よかった……答えがイエスだったら回れ右して家に帰ろうと本気で思った。

葉山に借りたタオルマフラー（タオルだけ借りた。ユニフォームは固辞した）で冷や汗を拭《ぬぐ》いながら会場内を見渡すと、風に乗って食欲をそそる香りが漂ってくる。

「二人とも。スタジアムに入る前に、まずは腹ごしらえといこうか」

事前に葉山から「昼はスタジアムで食べよう」と言われてたから食い物は何も持って来なかったものの、これについても俺はあんま乗り気じゃなかった。

「でもこういうところの屋台って、だいたい料金が高いだけで味は大したことないものが多いって相場が決まっ……て…………!?」

コスパ最強・サイゼ発祥の地である千葉の民は、食い物のコストパフォーマンスに関しては一切の妥協を許さぬ厳しさを持っている。

だが、そんな俺の頑《かたく》なな心を一瞬で溶かしてしまう出会いがあった。

それは――

「勝浦担々麺《かつうらたんたんめん》！　勝浦担々麺じゃないか！」

Ｂ級グルメながら全国的にもその名を知られる勝浦担々麺までもが出店しているとなると、これは侮《あなど》りがたいレベルだ。

最近は千葉市内でも食べられるようになってきたとはいえ、勝浦市民以外の口に入る機会は少ない幻のラーメン……来たことに後悔しつつあった俺のテンションも急上昇だ。それだけのポテンシャルを勝浦担々麺は持っている！　平塚《ひらつか》先生が見たら鼻血吹きそうだな。

そんな屋台の一つ一つについてまで葉山は詳しかった。

「あそこの店は鴨川《かもがわ》から直送した新鮮な魚介を串焼きにしてくれる店で、あっちは毎回千葉の特産品を具材に入れた焼きそばを売ってる店だ。どこもグルメフェスで入賞したことがある実力派ばかりさ」

「てっきり祭りの出店みたいな感じかと思ってたが……本格的なんだな？」

「最近はスタグルも競争が激しいからね」

ちなみにスタグルっていうのは『スタジアムグルメ』の略称なんだと。

近寄って屋台を覗《のぞ》いてみる。

「わっ！　これかわいい」

半笑いの犬の顔の形をした大判焼きを発見した戸塚《とつか》が、思わずといった感じで声を上げた。

かわいい……のか……？

「ジェフィー焼きは千葉のマスコットを象《かたど》った大人気の商品で、小倉・チョコ・カスタードの

三種類の味が楽しめる。焼き上がるまで少し時間がかかるし、あまり並んでいない今の時間帯

に買っておいたほうがいいだろうね」

いちいち挿入される葉山《はやま》の文字数多めな説明も、大判焼きの犬が浮かべる半笑いがいい具合に中和してくれて、あまり気にならない。

「う〜ん、三種類かぁ。悩む……」

むむむと眉《まゆ》を寄せて考えていた戸塚《とつか》が、こっちを振り返って言う。

「八幡《はちまん》は何が好き？　チョコ？　カスタード？」

「おま…………小倉かな」

俺が好きなのはおまえだよ！　という言葉をグッと飲み込んで、そんなに好きじゃない小倉を注文してしまった。小町《こまち》に持って帰るか……。

「葉山のオススメはどの屋台なんだ？」

「俺はこれさ」

葉山は鞄《かばん》から巨大なタッパーを取り出し、これ見よがしに叩《たた》いた。

いやわけわからんのだが？

すると葉山は、鉄板の上で山のようなウィンナーを炒めている屋台へと軽快な足取りで歩いて行って、持っていたタッパーにウィンナーを詰めてもらい、戻って来た。

「あそこの『喜作《きさく》』はこうやってタッパーを持って行くと、ギリギリまで詰めてくれるんだ。

いやこれ普通に詰めすぎだろ……野球部の弁当の白米みたいにギッチギチになってるじゃん……ウィンナーが米粒みたいに見えるじゃん……。

半笑いの犬の大判焼きを手に入れて嬉しそうに細めていた戸塚の目が、大きく見開かれる。

「うわぁ。だからタッパーを持って来いって言ったんだね葉山君」

「戸塚はタッパーを持って来たんだろ？　買ってきたらどうだ？」

「うん。でもぼく、こんなに食べられないから……」

「じゃあヒキタニくんは？」

「いや……あれだ。俺、タッパー忘れてきちゃったし」

「別にちゃんとしたタッパーでなくてもいいさ。あんな感じでほら、サンドウィッチが入ってたケースなんかで代用する人もいるから」

「手慣れてるな……」

経験豊富なサポーターは道路を挟んだショッピングセンターでケースに入った軽食を買い、その空き箱に溢《あふ》れそうなくらいウィンナーを詰め込んでケチャップをドバドバかけてる。

「でもせっかくだから、俺はこの赤い勝浦担々麺《かつうらたんたんめん》を選ぶぜ！」

という言葉で葉山の追及を振り切って担々麺の屋台に並ぶ。

サッカーファンのあいだでも勝浦担々麺の人気は高く、順番待ちを強《し》いられる。

だが勝浦担々麺《かつうらたんたんめん》特有の、あのゴマ系の担々麺では嗅ぐことのできないラー油の香り……港町勝浦で働く漁師や海女さんの冷えた体を温めてきた深紅のスープの芳香を楽しむだけで、待ち時間はあっという間に過ぎ去ってしまった。

「これが勝浦担々麺か……まるで宝石のようだな！」

大量の唐辛子とラー油に満たされたスープは、屋外で見るとルビーみたいにキラキラと光り輝く。

まずはこのスープから味わってみるか……。

安いプラスチック容器の中に入った宝石を、ゆっくりと啜《すす》ってみる。

「ッ!?　これは予想以上に辛い……が、うまい!!」

ゴマ系のまろやかさは一切無い。妥協のない辛さが舌を刺す。そしてその刺激と共に強烈な旨味が爆《は》ぜる！

一瞬にして勝浦担々麺の虜《とりこ》になった俺は、夢中で麺を啜る。辛いから一気にいけない！　けど、うまい!!

そうして担々麺に夢中になっていると、急に周囲が騒がしくなった。

「…………ん？」

誰かが拡声器を使って演説のようなものをしている。

声のするほうを見ると、脚立の上に立って拡声器を握り締めた長髪のオッサン……というか既に初老の域に入った人物が、今日の試合について「絶対に負けられない」「死ぬ気で応援しようぜ」などと演説をぶっているところだった。

近くにはヘルメットとマフラーで顔を隠した革命家みたいなのもいる。

基本的にはお祭りのような雰囲気の会場で、そこだけが随分と物々しい。あれだ、フーリガンってやつか？

「コアサポーターだよ」

無限にも思える量のウィンナーを驚くべき早さで食べ終えた葉山《はやま》が、いつの間にか担々麺を啜る俺の横に来ていた。

「ゴール裏の応援を仕切ってる人達さ。別に暴力を振るったりはしない……けどヒキタニくんは、ああいうのはあまり好きそうじゃないな？」

「正直、そうだな。騒がしいのはそんなに……って感じだ。それに応援って、他人に強制されてするものとは違うだろ？」

「手厳しいな」

苦笑する葉山。

「けどそれを言うなら奉仕部の活動だって似たようなものなんじゃないのか？」

「違うさ」

「どこが？」

「俺らは平塚《ひらつか》先生にやらされてるが、おまえらは好きでやってるんだろ？」

「ふふ。君は本当に……手厳しいな」

笑ってはいたが、葉山《はやま》の目は今までのようには笑っていなかった。

それを敏感に感じ取った戸塚《とつか》が、少し離れた場所を指さして言う。

「ね、ねえねえ葉山君！　向こう側に集まってる人達は何をしてるの!?」

「あれは……バス待ちだな」

「バス待ち？」

「選手が乗ってくるバスを出迎えるんだよ。試合前から応援して、気分を高揚させるんだ」

そんなことまでするのか。

アイドルの世界じゃあ出待ちとか入り待ちなんて言葉があるそうだが、バスの外から応援するなんてのは聞いたことがない。

「ふーん。効果あるのか？」

多少意地悪な感じで尋ねると、意外にも葉山は詳しく説明してくれた。

「ピッチに入ってしまうと選手はもう完全にボールに集中してしまうから、応援の声が聞こえなくなるものなんだ。けれどバスに乗ってる時はまだ外を見る余裕があるから、むしろバス待ちのほうが応援の効果があるという意見の人もいる」

「……いろいろ考えるものなんだな」

「考えることしかできないから。サポーターのつらいところさ」

その言葉に、俺は軽い違和感を覚える。

葉山は本人もサッカーをやってるし、かなりのプレーヤーのはずだ。葉山ほどでなくてもサッカー経験者であれば自己の体験を引き合いに出して語りたがるはず。戸部《とべ》とか。

けれどここまで葉山はずっと、傍観者のような立場で話していた。口数こそ異常に多いが、視線は傍観者のそれだ。そこは決してブレていない。

まるで……学校における、俺のような立場で。

やがてバスがやって来たようで、集まったサポーターの集団が何かを叫んでいるのが、遠雷のように轟《とどろ》き渡る。

「あれ、何て言ってるの？」

戸塚の問いかけに、葉山は遠い目をしたまま短く答えた。

「ＷＩＮ　ＢＹ　ＡＬＬ」

×　　×　　×

「おお……っ！」

入場ゲートを潜り、スタジアムの中に足を踏み入れると、そこには別世界が広がっていた。

思わず声が出た。

色鮮やかな緑色のピッチと、予想よりも近くに見える青い海。

さらにスタジアムは擂《す》り鉢《ばち》状の構造になっているため、想像以上に自分達のいる場所を高く感じる。

強い風に圧されるのを感じながら、俺は思わずこう呟《つぶや》いていた。

「……意外と傾斜がキツイのな?」

「う、うん……ちょ、ちょっと怖い……かな?」

戸塚《とつか》は俺の耳元で囁《ささや》くようにそう言うと、そのまま俺の袖《そで》を小さな指できゅっと摑《つか》んで、いじらしい笑顔を浮かべる。

「でも八幡《はちまん》が一緒にいてくれるから、大丈夫!」

……サッカーって最高じゃね?　シーズンパス買っちゃおうかな。

三人掛けの椅子《いす》を確保してくれていた葉山《はやま》が、

「どうだい?　初めてのスタジアムの感想は?」

「最高だな(戸塚が)。すごく気持ちいい(戸塚が)」

「そう言ってもらえると誘ったかいがあるよ」

葉山は嬉しそうだ。よかった!　みんな幸せだね!

腰を落ち着けてスタジアムの中を見回した俺は、しかしすぐにおかしなことに気付いた。

「おい葉山。メインスタンドに全然人がいないんだが……」

「ああ。千葉はメイン側の価格設定が少し強気なんだよ。だからだいたいバック側の席で観戦する。今日はまだ空いてる方さ」

「これで……？」

俺らのいるバック側はほぼパンパンに客が入っており、さらにまだ人が入って来ている。もっと混んで戸塚と密着しちゃうのか……最高だな。

「おっ。あれ、戸部《とべ》じゃないか？」

ピッチの隅に見慣れた揃《そろ》いのユニフォームを着た集団を見つけた俺は、その中の一人に見知った顔を発見する。向こうもこっちに気付いたようだ。

戸部翔《かける》。葉山と同じサッカー部で、よくつるんでるメンバーの一人でもある。

「はーやとくーん！　おーい！　うぇーい！」

チャラい感じの戸部がウェーイウェーイと飛び跳ねながらこっちに向かって手を振っているのに対して、葉山は苦笑しつつ軽く手を挙げ返すのみ。

戸部だけではなく、他のサッカー部員たちも葉山に向かって手を振ったり頭を下げたりしている。

「あれってうちの学校のサッカー部だよね？　どうしてピッチの中にいるの？」

戸塚が疑問を口にすると、葉山がそれに答えた。

「県内のサッカー部員は持ち回りで試合運営の手伝いをするんだ。ボール拾いや担架を運んだりね」

「へぇー！　プロの試合に関わることができるなんていいなぁ！　テニス部にもそういうのがあればいいのに」

スクールに通うほどテニスに打ち込んでいるだけあって、戸塚《とつか》はプロと交流できることを盛んに羨《うらや》ましがっている。

気になったことを俺は尋ねた。

「葉山《はやま》はあっちに行かなくてよかったのか？」

「俺は中学の時に経験してるからね。そもそもこういったことは下級生のうちに体験しておいたほうがいい。プロと同じピッチに立てるっていうのは大抵の場合、部活のモチベーションに直結するから」

葉山の答えは、まさに模範回答。

まるであらかじめ用意していたような、反論する隙など一分もないほどの。葉山が完璧《かんぺき》なのはいつものことだが、今はなぜかその隙の無さが逆に気になった。

ピッチ内では選手の練習が終了し、試合前の様々なセレモニーが行われつつある。

県内自治体の偉い人の挨拶《あいさつ》。特産品の寄付。

スポンサー企業の若手社員による応援練習では、客席全体がタオルマフラーを振り回して、スタジアムのほとんどが黄色に染まる。なかなか壮観だった。タオルを振り回してはしゃぐ戸塚とか。

　どの出し物も豪華だし、驚くほど盛り上がっている。

　思わず違和感を覚えてしまうほどに。

　そして最後に、二匹の犬のマスコット（着ぐるみ）に手を引かれた小学生くらいの子供がフェアプレー精神というのを読み上げると、元気よくこう言った。

『ぼくが生まれてから一度も千葉は昇格したことがないので、今年こそは昇格してほしいです！』

　その瞬間、盛り上がっていたスタジアムを沈黙が支配した。子供の素直な言葉はいつも大人たちの心を抉《えぐ》る……。

　しかも千葉が二部リーグにいる年月をかけて成長した子供の姿を目《ま》の当たりにして、サポーターは試合前から心にダメージを負ってしまったようだ。それまで威勢良く応援していた千葉のゴール裏が少しだけ大人しくなったというか……シュンとしてしまったような気がする。

「葉山」

「ん？」

「どうして千葉は一部に戻れないんだ？」

　単刀直入に尋ねた。

そう。千葉は国内一部リーグではなく、二部にいる。

俺の違和感の正体は、それだった。

二部なのにどうしてこんなに盛り上がってるんだ？ と。

「勝手なイメージだったら悪いんだが、千葉はもっと強かったろ？ 今だって、こうしてスタジアムに来る客も多いし、ＪＲがスポンサーについてるくらいなんだから財務基盤だってしっかりしてるはずだ。もっと田舎の、金を持ってなさそうなチームだって一部にいるんだろ？ それなのに――」

「そうだな。確かに以前は千葉も強かったよ。国内リーグで最強ですらあった。東欧からやって来た、とある名将の力に負うところが大きかったとはいえ」

「葉山《はやま》くん。それって、日本代表監督もやった、あの――」

「……その名将の名前は出さないでおくよ。口にすれば未練が生まれてしまう。千葉は過去の栄光に縋《すが》るんじゃなく、誇りだけを胸に抱いて前に進まなくちゃならないんだ……」

葉山が誰のことを言ってるのか、サッカーに詳しくない俺や戸塚《とつか》でも何となくわかる。

俺が小さい頃……千葉ではサッカーが非常に盛り上がった時期があったから。

だからこそ、葉山のような『学校で一番スポーツができるやつ』や、戸部《とべ》みたいに『学校で一番チャラいやつ』が、挙《こぞ》ってサッカーを部活に選んだんだろう。

部活にもヒエラルキーがある。

その中でサッカーは最上位に位置する。上級国民たる葉山が入る部としては申し分なかった……というのは本人にとってはおそらくどうでもよく、単純にサッカーをするのが性に合ったんだろう。

葉山隼人《はやと》はサッカーを愛している。

だからサッカーに関わる全ての物事が、葉山にとっては愛おしく、特別なのだろう。

俺や戸塚にとっては簡単に口にできる名前でも、きっと葉山やここに集まったサポーターと自称する人々にとっては、軽々しく口にできないほど大切な存在なんだろう。そっと胸にしまっておきたいくらい大切な、宝が。

それはおそらく、どれだけ時を経ても色褪《いろあ》せない、恋のようなものですらあるに違いない。

でもそうなると俺にとっては折本《おりもと》……うーん……あれは単にウザいから言いたくないだけッスねえ……。

だから俺もその名前は口にせず、話を変えた。

「今日の対戦相手は……岐阜《ぎふ》だったか？　どんなチームなんだ？」

そもそも岐阜がどこにあるのかすらよく知らない。ええと……名古屋県の植民地だっけ？

「まあ、なかなか強豪とは呼びづらい……かな？」

葉山らしい、誰も傷つけない表現だ。

「一部への昇格経験はない。毎年のように二部で最下位争いをしてるし、現に今の順位も最下位だしね。でも、面白いサッカーをしてたよ。少し前に監督が交代になってからは現実路線に舵《かじ》を切ったみたいだけど」

「弱いけど面白いとかあんの？」

「理想を貫くサッカー、とでも表現したらいいのか……とにかくパスが多くて、サッカーらしいサッカーだった。観たらきっと理解してもらえると思う」

「ふーん？」

サッカーらしいサッカー、ねぇ。

「じゃあサッカーらしくないサッカーもあるのか？」

「君は本当に……痛いところだけを的確に突いてくるな」

葉山《はやま》は苦笑するが、目は笑ってなかった。

そして『サッカーらしくないサッカー』の例を挙げる。

「ゴール前に人を並べてガチガチに守って、ボールを奪ったら相手のゴール前にロングボールを供給。カウンターを狙《ねら》う。これは多分、観ててつまらないんじゃないかな」

「合理的な気はするけどな」

ゴールの前に選手全員並べたら絶対点入らないんじゃね!?　ってのは、サッカー素人《しろうと》なら誰でも一度は考えそうなもんだ。

しばらく黙って俺達の会話を聞いてた戸塚《とつか》が、ポテトをはむはむと食べながら聞いてくる。

「葉山君。じゃあ千葉はどんな戦術を使うの？」

「ハイライン」

「はい……らいん？」

耳慣れない言葉に戸塚は「ふぇえ？」と首を傾《かし》げる。ふぇぇ……かわいいよぉ……。

いやいや。何ですかハイラインって？

「ディフェンスラインを高くする。つまり、防御に割く戦力も全て攻撃に投入する戦術さ」

ふぅむ……。

ひどく中二心をくすぐる戦術だ。名前もＳＦの巨匠ぽくて。

「ただ、使いこなすには様々な条件が必要になるし、リスクも非常に大きい。だから今は封印している幻の戦術といったところかな。やり始めた頃は随分と注目もされたし、成績もよかったんだが、対策をされると上手く行かないことが多くてね」

「俺はサッカーの戦術については詳しくないんだが――」

そう前置きして、思いついたことを口にしてみる。

「とりあえず敵のゴール前に背の高いやつを置いといたら有利なんじゃないのか？　バスケみたいに」

「それはもうやったさ……」

「もうやったんだ……」

一瞬だけ顔を輝かせた戸塚《とつか》が、溜め息のような声を出した。

「身長二〇四センチ。リーグ史上最も背の高い外国人選手を北欧から呼んできて、ゴール前に立たせたさ」

二メートルオーバーとか北欧とか、スペックを聞くだけでワクワクする。俺は身を乗り出して尋ねた。

「ちなみにその年の順位は？」

「六位だった。昇格には三位までに入らないといけないから……」

葉山《はやま》の説明によれば、最初は好調だったが怪我をしてしまったため上手くいかなくなったんだそうな。またやってみたら？

今度は戸塚が提案する。

「じゃあさ、思い切って何年か同じ監督に任せてみたらどうかな？」

「それはもうやったさ……」

「それもやったんだね……」

悲しそうな目をして戸塚は俯《うつむ》いた。

それまで成績が悪ければバンバン監督のクビを切ってた千葉は、これじゃダメだとようやく気付いて有望そうな監督を呼び、育てるつもりで複数年任せてみたのだという。

「で？　順位はどうなったんだ？」

「三位↓九位↓十一位」

「むしろ年々悪くなってんのな」

「三年目の途中でさすがに監督交代になったよ……」

ちなみにサッカーの世界では『監督解任ブースト』という、監督を解任すると一時的に成績が上向くという謎の法則があるらしい。信じるか信じないかはあなた次第。

まあしかし、監督をどうにかしてもアレというのであれば——

「そこまでやってもダメなら、もういっそ選手を総取っ替えしてみたらいいんじゃないか？」

「ええ!?　は、八幡《はちまん》……いくら何でも乱暴だよ！　サッカーはチーム競技なんだよ？　そんなことをしたらチームがバラバラになっちゃうよ！」

「それはもうやったさ……」

「それもやっちゃったんだ……」

戸塚の表情は呆《あき》れるを通り越して憐《あわ》れみすら漂い始めていた。

しかし自分で言っておいて何だが、そんなガラガラポンで上手くいくならどこも変えまくってるだろう。

「サッカーってのは十一人でやる競技だろ？　九人でやる野球ですら連携が大切になる。短期間でその部分を伸ばせるとは思えないんだが？」

「そこはもちろん強化部も対策を考えていたさ」

「ほう？　どんな？」

『同じくらいの力量の選手だったら千葉愛の強い方を取る』という強化方針を貫くことで、チーム内の連携不足をカバーしようとしたらしい」

「ＭＡＸコーヒーで顔を洗って出直せよ」

千葉愛でサッカーが上手くなるんならジャガーさんでもＪリーガーになれるだろ。ファイト！　ファイト！　ちば！

いい加減、打つ手が無くなってきた俺は、若干捨て鉢な感じで言ってみる。

「じゃあもうアレだ。食い物から変えてみたらどうだ？」

「それはもう」

「やったんだね……」

繰り返すこのリズム。抜け出せない負のループ。さすがに戸塚《とつか》の声からも驚きは消えた。

「で？　どう変えたんだ？　米じゃなくてパンを食ったとか？」

「全て玄米にしたんだ」

「篠田麻里子《しのだまりこ》と結婚でもするつもりなのか？」

ちょっと前に話題になったな玄米婚。

玄米で始まる出会いがあると知って衝撃的だったし、米を食べる全ての人々に希望を与えた結婚だった。俺だって毎日白米食ってるから白米食べてる芸能人と結婚できるよね？　できない？　そうか。

「それで結果はどうなったんだ？」

「まあ選手によっては効果があったみたいだが、順位にはそれほど影響しなかったから、今は元に戻っているよ」

「そうか……もの凄《すご》く効果があるって言われるよりは納得の結果だわ」

「移籍した選手達が他のクラブでも玄米食を広めてくれているのが、唯一の救いと言えば救いだな……」

「それは単にネタにされてるだけなんじゃないのか？」

玄米法師と呼ばれたその監督が三年目の四試合目くらいでクビを切られ、結局、二部に落ちた時の監督が再び指揮を執ることになったのが今の状況らしい。

これが千葉の十年間の歩みである。

監督を替え、フロントスタッフを替え、選手を替え、食い物すら替えた。

それでも結果が出ない。

「ずっと……考えているんだ。千葉が壊してしまったものを取り戻す方法を。でも──」

苦悩する葉山《はやま》は、絞り出すようにこう言った。

「……結局、また同じ場所に戻って来てしまった」

奇しくも内房線と外房線を繋《つな》ぐ蘇我《そが》駅と同じように、このスタジアムもまた円環の理《ことわり》に文配されているようだった。

×　×　×

キックオフの瞬間は、思ったより呆気《あつけ》なく過ぎ去った。

「ん？　もう始まってるのか？」

試合開始前から両チームのサポーターが飛び跳ねながら応援し続けているので、あんまりこう、『始まった！』って感じがしない。「あ、何かボール蹴ってる」って感じだ。

応援は、ホームの千葉が圧倒していた。

岐阜《ぎふ》の応援団も少数精鋭で頑張ってはいるものの、やはり地方の下位クラブだけあって様々な面で力不足が目立つ。

ただ肝心の試合内容はといえば――――千葉も岐阜も似たり寄ったり。

千葉は岐阜よりもボールを持つ時間こそ長かったものの、パスを回してばかりでシュートを撃とうとしない。

岐阜は岐阜でゴール前にべたっと貼り付くばかりで、千葉の攻撃に対応するのみ。カウンター狙《ねら》いなのか？　その割にボールを奪ってからの動きが鈍い。

ジリジリした鍔迫《つばぜ》り合いのような展開が続くが、剣道ならともかくサッカーの試合で鍔迫り合いを見せられても面白くも何ともない。

まさに試合前に葉山《はやま》が語った『サッカーらしくないサッカー』が目の前で展開されていることに、俺は思わず苦笑してしまうほどだった。

最初は「わぁ！」とか「いけいけー」と楽しそうにはしゃいでいた戸塚《とつか》も、途中からめっきり口数が少なくなり、遂には試合よりもゴール裏で応援するサポーターのほうばかりを眺めている始末だ。

「サポーターさんは頑張ってるよね。どっちもずっと声を出してて……すごいなぁ」

戸塚の言う通り、応援はすごいと思う。

スタジアムの雰囲気は素晴らしい。まるでライブに来たかのような迫力だ。

ただそれが逆に虚《むな》しさを掻《か》き立てるような試合展開なのは間違いない。両チームともバックパスを繰り返し、ゴール前まで迫ってもなかなかシュートを撃たない。

大人しく見ていた周囲の客も、三十分が経過する頃にはイライラし始め、次第に声援ではなく罵声《ばせい》やブーイングが飛び交うようになっていた。

「なんでだよ!?」

「シュート撃たなきゃ勝てねーだろ!!」

前半終了のホイッスルが鳴り、引き上げていく選手を目掛けて、客席からはそんな罵声が秋雨のように降り注いでいた。

×　×　×

「……………どうだった？　前半を見終わって」

葉山《はやま》が絞り出すような声でそう言ったのは、前半終了の笛が鳴ってしばらくたってからのことだった。

ピッチには交代要員の選手が現れて、出番に備えて練習をしている。

「うーん……」

葉山の質問に、戸塚《とつか》は言葉を選んでいる。そのことがもう答えだろう。

俺は思ったままを口にした。

「退屈だな。正直」

「は、はちまん……」

あわあわする戸塚。試合よりこっちをずっと見ていたい。それが俺の正直な気持ちだ。あわあわする戸塚最高。

「俺はスポーツを観ながら文句を垂れるのはあんまり好きじゃない。もっと頑張れ？　選手は観客より間違いなく頑張ってる。気持ちを見せろ？　気持ちを表現するスポーツが見たけりゃフィギュアスケートや新体操を見ろ。まあそういう意見だ」

そこまで一気に言ってから、俺はこう言葉を継いだ。

「それでも今の試合は、両チームとも何をしたいのかさっぱりわからなかったし、プロとして金を取れるようなプレーじゃなかったと思う。違うか？」

「……………いや。正しい評価だと思う」

タダで観に来ておいて偉そうなことを言った自覚はあったが、葉山はそんな俺の言葉を真摯《しんし》に受け止めた。

葉山は俺以上に言いたいことがあるに違いない。

それでもこいつは千葉を擁護《ようご》しようと努力する。

「千葉としては、ホームの試合で最下位の相手に負けるわけにはいかないというプレッシャーがある。だからチャンスを絶対にものにしようと、決定的な瞬間までシュートを撃たない。だがその逡巡《しゅんじゅん》が逆に、シュートのチャンスを消してしまっている」

「悪循環だね……」

戸塚はシュンとしている。シュンとする戸塚は激カワなので、そんな戸塚の姿を見ることができたことだけがこの前半の収穫だった。

普段ならそれだけでも大満足なんだが……できることなら、試合に勝って喜ぶ戸塚も見たいところだ。

「葉山。この状況を打開するにはどうしたらいいいんだ？」

いだろうな」

「動きの悪い選手を替えて、フォーメーションそのものをいじるという方法が一番手っ取り早いだろうな」

「なるほど」

「ただ前半の内容は、退屈ではあったものの千葉が主導権を握っていた。それだけにどこをどう替えればいいかは難しいし、そもそも今が替えるべきタイミングなのかという問題もある。今の監督にその判断ができるかどうか……」

葉山《はやま》のその懸念は的中する。

先に手を打ってきたのは、前半で不利を自覚した相手のほうだった。

「ッ!? おい。後半に入って急に岐阜《ぎふ》の動きが良くなってないか？」

「確かに八幡《はちまん》の言う通りだよ！ なんで!?」

後半開始のホイッスルが鳴った瞬間からピンチを迎えている千葉。

前半では互角以上に戦っていたはずなのに……？

座ったままピッチを観察していた葉山が、静かに、しかし確信のこもった声でその答えを提示する。

「……ポジションだ」

「「えっ？」」

「岐阜は後半になって戦術を変えてきた。ほら、さっきまで最終ラインにいたのは三人だったが、今は四人になってるだろ？」

言われてみれば確かに岐阜の最終ラインは四人が綺麗《きれい》に一本の線を作るように連動して動いており、千葉のフォワードから面白いようにボールを奪っている。

そして奪ったボールを思い切りよく前線へパス。これまでずっと横にばかり動いていたボールが縦に動くようになっていた。

「ディフェンスを変えて……攻撃が活性化するもんなのか？」

「サッカーの攻撃は、ディフェンスがボールを奪うところから始まる。そういう考え方もあるってことさ」

「……なるほどな。防御が攻撃の第一歩になるってわけか」

面白い発想だと思った。

そうだとすれば両チームが前半にシュートをあまり撃たなかったのも理解できる。

あれは敵陣で守備をしてたってわけだ。

葉山の説明を聞いた戸塚《とつか》が、困ったように眉《まゆ》を下げて尋ねる。

「けど……じゃあ千葉はどうすればいいの？」

「悩ましいところではある」

腕組みをして葉山は唸《うな》った。

「最善の方法は、俺にもわからない。ただ、一番やっちゃいけないことは――」

その瞬間だった。

空気を切り裂くような激しい笛の音。

「しまった！　言ったそばから……！」

葉山《はやま》が腰を浮かして叫んだ。

どうやら千葉のディフェンスの一瞬の隙を突いてゴール前に斬り込んだ岐阜《ぎふ》のフォワードに対して、千葉の選手がタックルしたようだった。

「え？　何が起こったの？　え……？」

葉山との会話に集中していた戸塚《とつか》はその瞬間を見逃したようで軽くパニックになっている。

「えっ!?　ファール!?　千葉が？」

「ああ。得点機阻止……ゴール前にフリーで迫った岐阜のフォワードに後ろから行った。カードが出るのは間違いない。問題は何色のカードが出るかだな」

それまでの喧噪《けんそう》が嘘《うそ》であるかのように静まり返るスタジアム。

だが審判が翳《かざ》したカードの色を見ると、状況は一変した。

「一発レッド!?」

「ふざけんな主審!!　どこ見てんだよ!?」

それまで大人しく座って見ていたバック席の客が一斉に立ち上がり、ブーイングや指笛で審判に抗議する。

千葉の選手達も審判を取り囲んで盛んに抗議していた。監督までもが主審の掲げたレッドカードを指さしながら近くの副審に怒鳴り散らす。そしてそのすぐ側で担架要員をしていたはずの戸部《とべ》も「ちょっ！　あれはねーべ!?」と監督と一緒になって審判に抗議していた。退場になるぞお前。

だが主審は全く取り合わず、判定が覆《くつがえ》りそうな雰囲気はない。

「あれは審判がおかしいのか？」

「……いや。正当なカードだよ」

葉山の声は驚くほど冷静だった。

「あれは一番やっちゃいけないことだったが……それでもあの状況では必要なカードではあった。やらなきゃ確実に点を取られてたからね」

「随分と怖いことを言うんだな？　ルール違反上等ってか？」

「それがサッカーさ。ルール違反もルールのうちなんだよ。君ならわかるだろう？」

「……」

正直、今日だけで葉山の印象が大きく変わった。

それと同時に、サッカーに対する印象も俺の中で大きく変わった。

ルールを熟知した上でそれを破ることを戦略として求められるというのは……まさに俺が今までやってきたのと同じことだったから。

その事実に表現しづらい感情を抱く俺とは対照的に、戸塚《とつか》はただひたすら千葉の心配をしている。

「ねえねえ！　カード出たよ!?　赤かったよ!?　これからどうなっちゃうの!?」

「一人退場して、千葉だけ十人でサッカーをすることになる」

「それってものすごく不利なんじゃ!?」

「不利だよ。でもこれでようやく面白い試合になるんじゃないかな？」

「え……？」

不思議そうな顔をする戸塚。

葉山《はやま》の言葉の真意は、すぐにピッチ上で示されることになる。

状況を観察していた俺は、目の前で展開される新たな攻防を、こう表現した。

「……意外といい試合になってないか？」

「一人減ったことで、千葉はチーム全体が『自分たちが不利』という意識で統一されたのさ。それまでは『自分たちが有利』と『互角』が混在していたから、攻守の切り替えの部分でどうしてもタイムラグが発生してしまっていたんだ。けど今はそれがない」

「つまり岐阜《ぎふ》をナメてたってことか？」

「君はいつも言葉を飾らないな」

苦笑しつつ、葉山はそんな言葉で俺を肯定した。

しかし――

「人数が減って有利になることなんて、あるんだな……」

「面白いだろう？　意思統一されていない十一人より、意思統一された十人の方が強い」

「ああ……面白いな」

いかん。ますますサッカーが好きになってしまう。

あの緑の芝生《しばふ》の上で行われてるのは、壮大な実験だ。人間を使ったチェスのようでもある。

そう。チェスだ。

だとしたら……戦いの帰趨《きすう》は自ずと明らかだった。千葉は一時的に押しているように見えるが――

「ただ……これでは勝てない」

「君はいつも最短で本質を抉《えぐ》る。その通りだよ……これじゃあ勝てない」

俺と葉山の言葉を聞いて、戸塚は驚きの表情を浮かべる。

「えっ？　どうして？」

「冷静に考えたら岐阜のほうが有利だからな」

単純な算数だ。

「千葉は意思統一して強くなった。だったら岐阜も意思統一すればいい」

「どうやって？」

「声をかければいい。ああやって」

俺はピッチを指さす。

黄色いキャプテンマークを腕に巻いた選手が、最終ラインから盛んに声を張り上げていた。浮き足立って統一感を欠いていた岐阜《ぎふ》のフォーメーションが再び引き締まる。途端に千葉の攻撃が滞るようになった。

「ヒキタニくんの言う通りさ。コミュニケーション不足は、ああやって補うことができる。けど少なくなってしまった選手を補うことはできないんだ」

「で、でも葉山《はやま》くん！　だったらどうしたらいいの⁉」

「…………」

葉山は何かを深く考えるかのように沈黙し、目を閉じた。

やがて静かに、ゆっくりと目を見開く。

その両目には異様な光が宿っていた。

「……やっぱりもう一度、ハイラインを試してみるべきだと思うんだ」

「葉山」

「だってそうだろう⁉　理論上は最強の戦術のはずなんだハイラインは！　攻撃こそが最大の防御だっていう理屈は、子供にだって理解できるだろ⁉」

興奮した葉山は後ろに座ってた親子連れの子供に向かって「君にもわかるだろ⁉」と明らか

に正気を失った表情で同意を求める。

子供はただひたすらビックリしていた。そりゃそうだ。

「お、落ち着いてよ葉山くん！」

「そうだぞ葉山！　お前らしくもない――」

「俺らしくない、だって？　君に俺の何がわかるっていうんだ？」

葉山は冷笑を浮かべてから、一転して熱い言葉を放つ。

「無茶だからなんだ⁉　どれだけ他者から否定されようと諦めずに挑むのが、それが千葉の誇りってものだろう⁉　俺たちがオシムから受け継いだスピリットはそういうことなんじゃないのか⁉」

オシムって言っちゃったね……。

葉山隼人《はやと》は何でも持っている。

本人は否定したが、きっと葉山なら選手だろうがフロントスタッフだろうが、それなり以上のレベルでこなしてしまうだろう。

千葉に再びタイトルをもたらすことだって、不可能とは思えない。葉山隼人はそれだけのスペックがある。

しかし葉山はそうしない。

主人公になることができる男は……その役を引き受けることを拒まなかった男は、このスタジアムでは一介のモブとして振る舞うことを選んだ。たとえ簡単な運営の手伝いであろうとも頑《かたく》なに関わろうとしないほどに。

だからこそ、ここまで熱狂する。ここまで熱望する。

自分だけの力ではどうにもできないものに出会ったからこそ、葉山《はやま》はここまで本気になることができるんだろう。

そんな対象が自分にとって存在することを……俺は羨《うらや》ましいとすら思い始めていた。

「いや……違うな。葉山だけじゃない……」

俺は気付かないうちに言葉を発していた。隣の戸塚《とつか》が「はちまん……？」と心配そうにこっちを見る。ほっぺのあたりに視線感じる。ほっぺつんつんされてるみたいできもちいい……。

自分以外の誰かに期待すること。

全身全霊で他人を応援《サポート》し、その見返りを求めない人々が存在すること。

俺がこれまでの人生経験から導き出した結論を、このスタジアムという空間が否定してくれることを、少しだけ期待している自分がいた。

いや。

こんなものは初めてスタジアムに来た俺の勝手な妄想だ。『こうあって欲しい』という願望でしかない。それを押しつけるのは間違いだ。今はこうして応援してる人々も、負けてしまえば選手達に罵声《ばせい》を浴びせるに違いない。渋谷のスクランブル交差点に集まる集団と同じように、勝利という快感を求めて勝手に盛り上がり、選手達のことなど考えず無責任に『必ず勝て』と叫ぶに違いない。

そう思っていた、その時。

「ん？　この曲は……？」

最大のピンチを迎えた千葉のサポーターが選んだチャントは——激しいものでも、テンポのいいものでもなかった。

それは静かな旋律となって、俺の耳に届く。

スタジアムに来る途中、それがどんな名前かを聞いていた。

「アメイジング・グレイス……」

それは戦いではなく——祈りの歌だった。

どんな苦難の道であろうと、どれだけ苦しい時間であろうと、共に歩もうと語り掛けていた。

今がどんな状態であろうとも、目を逸《そ》らすことはないと言っていた。

戦力的にも戦術的にも積み上げたものが崩壊し、アドバンテージは消えてしまったのかも知れない。

二部リーグというカテゴリーでは圧倒的だった資金力すらも失ってしまったのかもしれない。

だが、それでも。

それでも一つだけ、絶対に消えないものがある。

それは……決して忘れ得ぬ想い出と、誇り。

そんな熱きプライドを持って戦い続けようという決意を、静かな旋律に乗せて歌い上げる人々。

その存在そのものが奇跡だった。

そしてそれが、ピッチ上にもう一つの奇跡を生み出す。

「ッ!?　八幡《はちまん》……あれを見て！　八幡っ!!」

「あ、あれは……!?　おい葉山《はやま》！　あれはいったい何なんだ!?」

「ディフェンスラインが……上がっていく……？」

信じられないものを目にしたかのように葉山は大きく目を見開き、ふらふらと立ち上がる。

他の観客も一人、また一人と立ち上がっていく。

俺と戸塚《とつか》も同じように立ち上がっていた。

ピッチ上に出現した『奇跡』ってやつを、しっかりとこの目で確かめるために。

「は、八幡……これって……これって……!!」

「ああ。多分これが――――ハイライン！」

間違いない。

俺は今、奇跡を目にしていた。封印されたはずの幻の戦術を。

白昼に現れた竜のように、ディフェンスラインは、ピッチを力強く、ぐいぐいと上がっていいた。

まるで一つの命を宿したかのように意思を持った動きで。

そしてさらにはゴールキーパーまでもが、自らが守るべきゴールマウスから大きく前進していた。

ペナルティーエリアをも踏み越え、ほとんどハーフラインに近い場所まで前進している。

いくら何でも前に出すぎだ。

キーパーの背後には広大な緑の芝生《しばふ》が広がる。誰もいない空間が。

「これ……本当にサッカー、なの……？」

戸塚はまだ目の前に現れた光景を信じられずにいて、不安そうに俺の服をぎゅっと握ってくる。俺もまだ信じられない……こんなにかわいい子が男だってことを……。

「WIN　BY　ALL!!　WIN　BY　ALL!!」

コールリーダーがトラメガを握り締めてゴール裏を煽《あお》りまくると、そこを爆心地として、スタジアム全体が大きく震《ふる》える。

人間の声がこれだけ大きな振動を生み出せるのだということを、俺はこの時、初めて知った。

サポーターの声が、震わせていた。

空間を。

そして……心を。

「それでこそ千葉だ！　俺たちの誇りだ！」

「共に闘おう！　何も恐れずに！」

周囲の観客も明らかに興奮していた。

タオルマフラーを高らかに頭上に掲げながら立ち上がると、アメイジング・グレイスの合唱へ次々と加わっていく。

戸塚《とつか》も歌っていた。覚えたてのチャントを。

葉山《はやま》は歌いながら泣いていた。

そしてその歌が力となって、千葉の選手たちの背中に翼を与える！

「すごい……！　すごいよ八幡《はちまん》！　前半とぜんぜん別のチームになったみたいだ！」

「ああ！　完全に千葉が岐阜《ぎふ》を圧倒している……！」

これが千葉の真の力だというのか？

相手よりも人数が少ない状況だというのに……むしろ相手よりも多くの人数でボールを回しているようにすら見える。完全にフルボッコだ。

その手品のタネを葉山が明かす。

「キーパーがボール回しに加わることで、人数の不足を補うことができているんだ。これがハイラインの真骨頂だよ」

「ッ！　そうか……だからキーパーもあそこまで前進してるのか」

俺は今までずっと、キーパーってのはゴール前から動かないもんだと思ってた。動かなくていいから一番楽なポジションだと。

だから体育の授業でサッカーがある時も自らキーパーを買って出てたんだが……この千葉のキーパーを見て、既成概念を粉々に砕かれた。

ペナルティエリアを大幅にハミ出してて手を使えないいからダイビングヘッドでボールを処理。コーナーキックのチャンスでは敵のゴール前まで上がって自ら点を決めようとするなど、キーパーとフォワードの両方をこなしている。ピッチ上の誰よりも忙しそうだ。

そんなキーパーの動きに目を奪われる俺を面白そうに見て、葉山が言う。

「試合前、ヒキタニくんは俺がキーパーのユニフォームまで持ってるのを不思議そうにしてたよな？」

「いや、あれは……」

「現代サッカーにおいて最も技術を要求されるのは、間違いなくキーパーさ。あのキーパーがいるからこそ千葉はハイラインを選択できる」

一人だけ違う色のユニフォームに身を包み、誰よりも縦横無尽《じゅうおうむじん》にピッチを駆け回るその姿を見れば、葉山がキーパーのユニフォームを欲しがるのもよく理解できた。俺も誰かのユニフォームを一着選べと言われれば、今ならあのキーパーのものを選ぶだろう。

一方、岐阜の外国人ゴールキーパーは怒鳴り散らしながら鬼神の如《ごと》きセービングを繰り返しているが、キャッチはできず弾くので精一杯。

そしてこぼれ球をことごとく千葉が拾い、再び攻撃。これがずっと繰り返されていた。

しかしまだ点は入らない。

二十回目くらいのシュートを弾かれ、戸塚《とつか》が頭を抱えながら叫ぶ。

「ああっ！　こんなにシュートを撃ってるのにどうして決まらないの⁉」

葉山《はやま》がボソリと、信じられないことを口にする。

「岐阜《ぎふ》の試合では岐阜県出身のミスターマリックが日本のどこにいても試合中に必ず念を送ってくるから、キーパーが実力以上のものを発揮する……という話がある」

ハンドパワーですか⁉

「けれどそんなのは迷信に過ぎない！　このリズムを繰り返していけば勝てる！」

確信を込めた葉山の言葉に、俺も戸塚も頷《うなず》いた。

試合開始から九十分が経過し、ロスタイム（今はアディショナルタイムって言うらしい）に入っても、俺達は千葉の勝利を信じて叫び続ける。一人一人の声はほんの少しでも、サポーターの気持ちがピッチに伝わる、そう信じて。この衝動はまるで恋だね。

チャンスシーンでは、いつしか俺も葉山から借りたタオマフを頭の上で振っていた。言いようのない一体感を覚えながら。渋谷で騒ぐのは意味がわからないが、スタジアムで手を叩《たた》き声を上げるのは理解できた。

最後の最後まで千葉の猛攻は止まらない！　繰り返す攻撃のリズム！　弾かれてはまた繰り

返す波状攻撃！　ボールは岐阜のゴール前を巡り巡り繰り返す！

そして相手が苦し紛れに蹴ったロングボールがピッチに虹のような弧を描き、ハーフラインまで前進していた千葉のキーパーの頭上を越えてそのままゴールに入った。それが決勝点となって千葉は負けた。葉山は糸の切れたマリオネットのように椅子《いす》に崩れ落ち、試合が終わってもしばらく立ち上がることはなかった。

プラスチックみたいな守備だ。やはりハイラインはまちがっている。


（完）

義輝の野望・全国版

伊達康
挿絵：紅緒

我が名は材木座義輝《ざいもくざよしてる》という。

よく「木材座」とか「材木屋」などと間違えられるが、正しくは材木座である。

ひどいときには「ほら何だっけ、あのホームセンターっぽい名前の人」と言われるが、我が名は材木座である。

ちなみに星座を調べてみたが、材木座というものは存在しなかった。仕方あるまい。仮にあったところで聖衣《クロス》は木製だろう。炎系の技を出されたら詰むだろう。

……かくも我が真名《マナ》が正しく認識されていないことには、理由がある。

それはこの材木座義輝が孤高だからだ。徒党を組まぬ一匹狼だからだ。

我《われ》は教室にて、クラスの者と会話を交わすことがほぼない。……少し見栄を張った。全くと言っていいほどない。……まだ見栄を張った。皆無にして絶無である。

おそらく剣豪将軍としての兇猛《きょうもう》な我がオーラに、一般生徒たちは本能的な畏怖《いふ》を抱いているのだと思われる。

これは「円」と呼ばれる念能力に近いものであり、間合いは半径四メートルにも及ぶ。次にあのマンガの新刊が出るのはいつだろうか。

そんなわけで、我の周りには誰も寄りつかぬ。見事に寄りつかぬ。「あのホームセンター、そのうち閉店するんじゃね？」とひそひそ話が聞こえてくるほど寄りつかぬ。

が、それも詮なきこと。

我は現世に蘇《よみがえ》った剣豪将軍。強大すぎる力を持つが故に、戦い続ける宿命を背負いし者。皆は平和な日常を甘受していればいい。我は世界を守るため、今宵《こよい》も有象無象《うぞうむぞう》の魔物どもを斬り伏せるまで。そろそろゴールドが貯まってきたので、みかがみの盾を買うまで。

と、まぁ。

このように気高き日々を送っている我であるが、それに伴う代償というものがある。

登下校、休み時間、昼食……そういった学校生活のあらゆる局面において、我は常にソロ活動を強《し》いられるのだ。何をするにも単騎駆けなのだ。

中でも難儀なのは、体育の授業だ。

意外やもしれぬが、我は汗っかきだ。常人より発汗機能が優れている。息切れも早いが、これは右腕より溢《あふ》れるオーラを抑えるため体力を割かねばならぬからだ。

いや、それについてはいい。

体育の授業においてキツいのは体力的にではなく、むしろ精神的になのだから――

「よーし。それじゃあ好きな奴とペアになれ」

体育教諭によるその無慈悲な指示は、我《われ》にとって悪夢そのものである。

自慢ではないが、こうした状況において我は九分九厘《りん》あぶれる。残りの一厘は先生と組まされる。うん、自慢ではなく自虐《じぎゃく》であるな。

もしかして今日こそは、血迷った誰かが声をかけてくるのでは？　と毎回期待するが、生憎《あいにく》とそんな救世主が現れたことは一度もない。げに世知《せち》辛《がら》き俗世よ。

「この悪しき風習、何とかならぬものか」

皆がクラスの垣根すら越えて次々にペアを組んでいくのを眺め、冷めたハートで一人立つサイレントファイター。すなわち我。

暗闇に揺れる炎のごとく佇立《ちょりつ》している間に、あれよあれよと大部分のペアができあがりつつあった。この剣豪将軍を差し置いて。

「ふむ……残っている者は、あと十名ほどか」

そう。本格的に精神が削られるのはここからである。

売れ残った人間は、謂《い》わば晒《さら》し者。「僕は友達が少ない」と喧伝《けんでん》しているも同然。それは思春期の者たちにとって恥ずべきことなのだ。

だからあぶれ者らは焦燥《しょうそう》し、必死にパートナーを捜す。妥協に妥協を重ね、適当な相手と強引にペアを組んでいく。

その様はさながら、餓鬼道に落ちた亡者のごとし。この期に及んでなお我に声をかける者がいないのは一体どういうことだろうか。恐れ多いのだろうか。

「まったく、どいつもこいつもなんと浅ましきことよ。それほどまでに独り身が嫌か。平塚《ひらつか》教諭を見習うがいいわ」

貴様たちにプライドはないのか。

否、プライドがあるからこそ孤独を忌避《きひ》するのか。己を安売りしてまで。

いずれにせよ、この段階に至ると「好きな奴と組む」という趣旨はすでに失われている。最初から「出席番号順にペアになれ」という指示ならば、誰も傷つくことはないものを。

「そもそもこの世の中、好きな者と必ず結ばれるとは限らぬ。だからこそネトラレというジャンルが一定の人気を得ているのではないのか？」

思わずそんな呪詛《じゅそ》を漏らしたときだった。

我が双眸《そうぼう》が、ある男の姿を捉えたのは。

そいつはこちらと同じく、いまだ一人で立ち尽くしていた。ペアを捜そうともせず、地縛霊のごとくそこにいた。負のオーラを漂わせながら。

「ふっ、筋金入りのぼっちか。憐《あわ》れな……」

彼もまた、体育の授業における悪しき風習の被害者なのだ。親友《とも》も、強敵《とも》も、知人《とも》も、稀に挨拶《と》する人《も》も持たぬ独身貴族なのだ。

「否、あの冴えない外見からして独身平民か。将軍の我《われ》とペアになるのは荷が重かろうが、これもまた縁《えにし》。慈悲を与えてしんぜよう」

迷える子羊に救いの手を差し伸べてやるべく、我はそれとなく彼へと近づいた。

気は進まぬが、弱者を放ってはおけぬ。我がお主の救世主となってやろう。だからそのまま待っていろ！　誰とも組むなよ！　組んだら泣くぞ！　どうかご慈悲を！

祈りが通じたのか、ぼっちは依然としてぼっちだった。そして程なく、接近する我が気配に気づいたようだった。

「…………」

「…………」

二メートルほどの距離を置いて立ち止まった我を、怪訝《けげん》そうに見てくるぼっち。

印象的だったのは、彼の目がやたら濁っていたこと。さながら死んだ魚のようだった。昨夜食ったメバルの煮付けが、こんな目玉をしていた。

「…………」

「…………」

果たし合いのごとく対峙《たいじ》したまま、数秒の沈黙が流れる。

互いに言葉はない。我が近づいてきた理由は察しているだろうに、相手はひたすら待ちに徹していた。傍まで来てやったのだから、オファーはそちらがしてこぬか！

「…………」

「…………」

永遠とも思える睨《にら》み合いが、さらに三秒ほど。

相手はなおも無言。我も無言。こうなれば根気の勝負である。

よかったらペア組まない？　……その一言を切り出すことを、互いが拒んでいた。言ったほうが負けのような気がしていた。

「…………」

「…………」

埒《らち》が明かぬと判断し、仕掛けることにする。

すり足でじりじりと間合いを縮め、敵にプレッシャーを与える。つい心の中で「カバディ、カバディ、カバディ」と唱えてしまった。

しかし敵は誘いに乗ってこなかった。詰められた分だけ後ろへ下がり、同じ間合いをキープする。あたかも蜃気楼《しんきろう》のごとく。

……この男、できる。

されど我に心理戦を挑もうとは笑止千万《しょうしせんばん》。平民が将軍に勝てると思うてか。

ならばと我は、軽く咳払《せきばら》いをしてみせた。次いでちらちらと周囲を見回し、「ほら、もうみんなペアになってるよ？　残ってるの俺たちくらいだよ？」と精神攻撃を浴びせる。

が、敵もさる者。おもむろにしゃがみ込んだかと思うと、靴ひもを結びなおし始めるという戦法に出た。おい、白々しい演技はやめよ。別にほどけてないだろう。

……このぼっち、ぼっちであることが怖くないのだろうか。

だとしたら恐るべきメンタルだ。まさにぼっちのエキスパートだ。カバディのエキスパートだったらどうしよう。

しかし我《われ》とて剣豪将軍。無敗伝説に土を付けるわけにはいかぬ。というわけで、ストレートに眼力で訴えかける。敵の腐った目に向けて。

──ぼっちよ、無駄な抵抗はやめるのだ。貴様に時は残されておらぬ。

──それはお前も同じだろ。

──言え。ペアを組もうと言うのだ。相手を選り好みしている場合ではなかろう！

──だから、それはお前も同じだろ。

──意地を張るな！　もう楽になれ！　お前はよく戦った！

──なんか面倒くせぇのが寄ってきちまった……。

おそらく傍目《はため》から見れば、売れ残り同士がぐずぐずしているだけに映るだろう。

だがその実《じつ》、我々の間ではそういった念話が行われていた。たぶん。

薄氷を踏むがごとき牽制《けんせい》が、そこからさらに五秒ほど繰り広げられたところ。勝負は思わぬ形で幕切れとなった。

「そこの二人、いつまでもぐずぐずするな。お前らでペアを組め」

痺れを切らせた体育教諭が、すんなり事態を収拾してしまったのだ。

おのれ体育教諭。もとはと言えば貴様のせいだろうに。あまつさえ戦いに水を差してこようとは何事か！　どうせならもっと早く水を差さぬか！

かくして我は、この腐った目をしたぼっちとペアを組まされる運びとなった。

男の名は、比企谷八幡《ひきがやはちまん》。

のちに我と幾多の体育《じごく》を共にする者である——


「今日は友が休みでな。偶然、たまたま、奇跡的にあぶれてしまったのだ」

我が初めて彼に発した言葉は、そんな虚勢めいた弁解だったように記憶している。

仮にも我は剣豪将軍。平民ごときに侮《あなど》られるわけにはいかぬ。否、ぼっちを恐れぬこの男の胆力、もしや武士なのかもしれない。下級武士なのかもしれない。

「あー、別にいいって。そんな言い訳しなくても」

しかし相手は興味なさそうに、だるそうに、失礼な返事をよこしてきただけだった。相変わらず腐った目で。三日前に食べたタイ焼きがこんな目をしていた。

ペアで柔軟体操をするよう指示されたので、周りに従って我々もだらだらとストレッチを始める。まずは我が開脚して座り、ぼっちに背中を押してもらった。

「お前、体硬ぇな。びくともしねぇぞ」

「腹がつっかえているのだ。気にするな、体育と戦闘は異なるもの。我《われ》の専門は後者だ」

「戦闘でも邪魔だろ、その腹」

減らず口の絶えない下級武士に、我は思わず「むぅ」と唸《うな》る。ややあって交代し、今度は彼の背中を押してやる。

「時にお主、さぞ名のあるぼっちとお見受けしたが」

「やめろ。ぼっちで有名なんて最悪だろうが」

「これはしたり。我が名は材木座義輝《ざいもくざよしてる》という。かの室町幕府の十三代将軍・足利義輝《あしかがよしてる》の魂を受け継ぎし者なり」

我の自己紹介に、ぼっちは「はぁ？」と呆《あき》れたような声をあげた。

「足利義輝？　そういや『信長《のぶなが》の野望』に出てきたな」

「ほう、知っておるのか。我はその魂を受け継いでいる」

「受け継いじゃったか」

「左様《さよう》」

「なるほど……薄々そんな気はしてたが、やっぱソッチ系の奴か」

ストレッチを終えて立ち上がり、なにやら微苦笑しているぼっち。次いでなにやら我の肩をぽんぽん叩《たた》いてくるぼっち。

「な、なんなのだ。その雨に打たれた捨て犬を見るような眼差《まなざ》しは」

「まぁいいんじゃないか？　名前が同じだもんな」

何かしら関係あるような気がしちゃうよな、わかるわかる……そう言いたげな目だった。

「よせ！　そんな哀しげな、腐った目で我を見るな！」

「腐ったは余計だ」

ペアになってやった将軍に対し、なんと無礼なぼっちだ。こっちはお情けで組んであげただけなんだからね！　誰でもよかったんだからね！　でも……組んでくれてありがと。

「ともあれ、我が名乗ったのだ。お主も名乗るがいい」

「比企谷八幡《ひきがやはちまん》だ。別に覚えなくていいぞ」

ぶっきらぼうに告げられたセリフに、我はたちまちカッと目を見開く。

「それはアレか！　どうせ貴様はすぐに死ぬのだから、自分に倒されるのだから、わざわざ覚える必要はないというアレか！」

「いや、そうじゃなくて……もうそれでいいや」

「それにお主の名、八幡だと？　八幡大菩薩《はちまんだいぼさつ》と言えば武神として崇められた存在！　クックックッ、そうか、そうかいうことであったか」

低く笑い、我は片腕を大きく振ってコートを翻《ひるがえ》す。体操着なのでコートを脱いでいたことを直後に思い出した。

「そういうことって、どういうことだよ」

「お主は我《われ》と共に戦うため、現世に転生したのだな?」

「いや、してねぇし」

「平民などと思ってしまったこと、詫びさせてもらおう。我の目も曇ったものだ」

「いや、平民だし」

「我、ここに遥《はる》か過去の記憶を取り戻したり。そうだ、確かに我の傍《かたわ》らにはお主がいたような気がする。我が愛刀・大般若長光《だいはんにゃながみつ》……それがお主の前世であろう!」

「せめて人間にしてくれ、俺の前世」

「さあ我が相棒よ! かつてのように再び天下を握らんとしようではないか! この剣豪将軍と共に! フハハハハ!」

高らかに哄笑《こうしょう》した我を、八幡大菩薩《はちまんだいぼさつ》は冷ややかに見つめていた。とても菩薩とは思えぬ、回虫を見るような目だった。

「……確かに足利義輝《あしかがよしてる》は、剣豪将軍って言われたりするよな。そこをちゃんと下敷きにしてるのは悪くないと思うぞ」

「む?」

「だが逆に言えば、オリジナル設定で勝負することから逃げたとも取れる。まぁ楽だし手っ取り早いもんな、史実から拝借すりゃ」

「ゴラムゴラムっ！」

　思わず盛大に咳《せ》き込んでしまった我に、なおも比企谷《ひきがや》八幡は続ける。

「あと足利義輝が一時持ってた大般若長光は、今も東京の博物館に所蔵されてるぞ。俺の前世設定どうなんの？」

「ゴモラゴモラっ！」

「そこに八幡大菩薩の設定も乗っけると、もうぶれぶれじゃねぇか？」

「ゼットンゼットンっ！」

「どんな咳《せき》だよ」

　初対面だというのに、容赦ない駄目出しだった。我、ちょっと傷ついた。

　こやつは一体なんなのだ？　コミュ力があるのかないのか、どっちだ？　人とはここまで失敬になれるものなのか？　無神経にポッコリお腹を指摘できるものなのか？

「だ、黙って聞いておればつけ上がりおって……！」

「黙ってなかったろ。怪獣の名前叫んでたろ」

「今すぐ我に謝れワレ！　この義輝に詫びよ！　あの義輝にも詫びよ！」

「ややこしいな」

「ぬぅん！　食らえ『雷神砕覇拳《ミョルニル・ブレイク》』！」

「あー痛い痛い。そしてイタい」

まだ食らってもいないくせにそんなコメントを返し、我《われ》を置いてすたすたと歩いていくぼっち。いつしか体育教諭から集合の指示がかかっていたようだ。

その後。すぐに本日の授業であるバレーボールが始まってしまい、以降はチャイムが鳴るまで我々が会話をすることはなかった。

授業が終わると我に「じゃあな」と短く告げ、奴はさっさと校舎へ戻っていく。遠ざかっていくその後ろ姿を、我はアナちゃんのようにぐぬぬ顔で見送るしかなかった。

「比企谷八幡《ひきがやはちまん》か……まさかこの総武《そうぶ》高校に、あのような男がいるとは」

知らず漏れ出た我が声は、バレーのせいで干上がっていた。体操着も汗だくだった。

奇妙な男だったが、もう二度と会うこともあるまい。いや、体育の授業はまた普通にあるので、また普通に会うかもしれない。

「あやつ、我にばかりボールを拾いにいかせおって……」

――それが我と、比企谷八幡の出会いであった。


数日後、再び体育の授業がやってきた。

「今日も友が休みでな。偶然、たまたま、奇跡的にあぶれてしまったのだ」

運命の悪戯《いたずら》か、我と比企谷八幡は今回もペアを組むこととなった。例によってカバディでじ

りじりと接近し睨《にら》み合っていたところ、体育教諭からそのように沙汰《さた》が

「だから、そんな言い訳はいいっての」

「クックックッ、比企谷八幡……やはり我とお主には宿縁があるようだな。さあ、我の柔軟体操を手伝えい！　この背中、貴様に預ける！」

開脚して地面に座った我に、比企谷八幡が嘆息する。「ウゼぇ」という呟《つぶや》きが聞こえたような気がしたが、おそらく空耳だろう。

「るふぅ。こうして従者に甲斐甲斐《かいがい》しく世話されるのはいいものだな。貴様もあの頃を思い出すのではないか？　主への忠義にすべてを捧げ、戦い続けた遠き日々を」

「ほれ交代だ。次は俺の世話をしろ、従者」

「るふぅ」

今すぐ切腹させてやろうかと思ったが、仕方なく柔軟体操をサポートしてやる。まだ二度目なのに、気兼ねというものを知らぬ男である。

それから黙々とストレッチをこなしたのち授業が始まる。今日もバレーだった。

「我は排球《はいきゅう》というものが得意ではない。うっかり全力でアタックを放てば、地面を爆散させてしまいかねぬからな。力加減が難しいのだ」

「そうか。大変だな」

「蹴球《しゅうきゅう》というものも得意ではない。うっかり全力でシュートを放てば、キーパーを原子レベ

ルまで分解してしまうやもしれぬ。それほどの衝撃が

「頑張れよ、W杯」

「庭球、蹴鞠というものも得意ではない。うっかり

匹や二匹は」

「樺地を匹で数えるな」

他の者たちの試合を観戦している間、我と比企谷八幡はそれぞ

……今さらながらに気づいたが、彼は自分から話しかけてくる

我の発言には、しょっぱくはあるが一応リアクションをよこす。

は皆目ないのだ。

これがぼっちの、ぼっちたる所以《ゆえん》か。他人事《ひとごと》ながら将来が心配になって

寄せ付けぬオーラは、我のそれを凌駕《りょうが》しているのではないか。

「お主、いつもそんななのか。それではさぞ生きにくかろう」

「大丈夫だ。ここまで雑な対応するのはお前くらいだから」

「もふっ。どうして我にはつんつんするのだ？　気になる

か？　苦しゅうない、理由を申してみよ」

「お前のそういうところが理由だよ」

「もふん」

「媚《こ》びぬ！」

「媚びても無駄だもんな。余計キモいもんな」

「省みぬ！」

「頼むから省みてくれ。マジで」

「こ、このバカ弟子がぁぁー！」

またも失礼なコメントを吐いた高二病患者を、石化させる勢いで睨《にら》みつけた瞬間。

我《われ》の側頭部に、バレーボールが直撃した。顔が爆散したかと思った。

「ひでぶっ！」

誰かの「あっ、悪い」という声を聞きながら、我は地面にどうと大の字になる。我が生涯に百片ほど悔いあり。

どうやら試合で打たれた力任せのアタックが、あらぬ方向へと飛んでしまったらしい。この下手《へた》くそが！　何事もなかったかのように試合再開するでないわ！

頬《ほお》にひりひりとした痛みを感じながら、しばし晴天を虚ろに眺めていたところ。

「おい、生きてるか？」

比企谷八幡《ひきがやはちまん》が覗《のぞ》き込み、我を小枝で突っついてきた。おのれ、天下無双の剣豪将軍をウンコ扱いしおって。

「ふっ、ぬかったわ……もはや何も見えぬ……お主の顔も、な……」

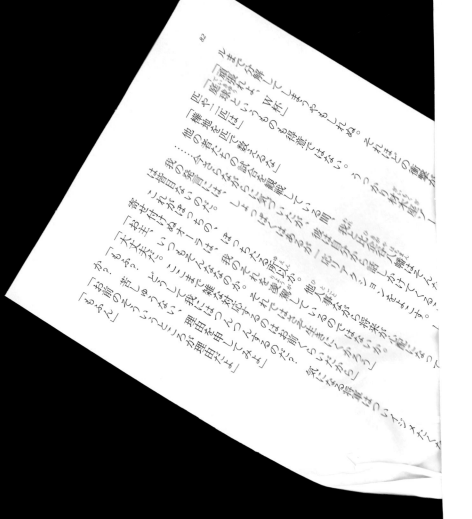

「メガネ吹っ飛んだからじゃねぇか？」

「もはや身を起こすことすら叶《かな》わぬ……」

「腹が邪魔なんじゃねぇか？」

「もはや顔すら上げられぬ……あれ？　マジで上がらない」

「あ、後ろ髪踏んでたわ。無駄に伸ばして縛ってるから」

「きさんなんばしょっとかぁー！」

上体を起こして怒号をあげた我をよそに、奴はすたすたと体育教諭の元へ向かう。

なにやら十秒ほど会話したのち、再びこちらに戻ってくる比企谷八幡。いまだ座り込んでいる我に、意外にも手を差し伸べてくる。

「ほれ、立てるか？　保健室に行ってもいいってよ」

「おお、お主……実際のところは我の容態を案じていたのか？　モハハハ、よもやこんな形でデレるとはな。欠片《かけら》も可愛《かわい》くないが許してやろう」

「おかげでサボる口実ができたわ」

……絶対に許さない。

それから我は、比企谷八幡の肩を借りてグラウンドを後にした。校舎に入るなり奴はさっさと我から離れ、「一人で歩けるだろ？　無理でも歩け」とほざいてきた。

こいつは目だけでなく根性まで腐っているらしい。格ゲーをやらせたら、初心者相手に平気でハメ技を使うに違いない。

だが一方で我《われ》は、この比企谷八幡《ひきがやはちまん》という男に名状しがたい興味も抱き始めていた。

剣豪将軍としての直感が告げている。きっと彼は、我の同類であると。我がネタを理解できる、こちら側の人間であると。

聖帝さんを知っていたこと、『信長《のぶなが》の野望』のプレイ経験があること、さらには樺地《かばじ》まで知っていたことが何よりの証左《しょうさ》。

この男が本当に高二病だとしたら、かつては中二病であった可能性が高い。サブカルにどっぷり浸かったオタガヤくんであった可能性が高い。

今一度その頃の自分を、どうか取り戻してはくれぬだろうか。

あの純真無垢《むく》だったお主を、ビアンカとフローラのどちらを娶《めと》るかで三日三晩マジ悩みしたお主を、どうか取り戻してはくれぬだろうか。

それが叶《かな》ったとき——我々は友と呼べる関係になれるかもしれない。

こいつは真にデレたことになるのかもしれない。

もしもそうなった暁には、体育以外の場でも交流が芽生えたりする未来がなきにしもあらずんば虎児を得ず。

馴《な》れ合うことは我も好まぬが、学校に一人くらい今期アニメの愛妻《ヒロイン》の魅力について語れる存在がいてもいい。いて欲しい。

そのためにも、もうしばらくこの男を観察してみるか……保健室へと続く廊下にて、我はそう決意する。

ふと横の窓ガラスに目をやると、自分の姿が映っていた。

顔にバレーボールの跡がついていた。


数日後。また体育の時間がやってきた。

体育教諭が「ペアになれ」と言った刹那、我は高速カバディで比企谷八幡に接近する。

奴は慌てて周囲をきょろきょろ見回し別のパートナーを捜そうとしたが、時すでに遅し。我に確保される結果となった。

「クックックッ、奇遇だな比企谷八幡。今日もたまたま友が休みで――」

「お前の友、たぶん卒業まで登場しねぇだろ」

観念したのか深いため息を吐《つ》き、くいと顎《あご》をしゃくる比企谷八幡。さっさと開脚して座れという合図だった。

しばしの柔軟タイムを利用して、我は早速ながら探りを入れることにする。

まずはこの男が、どれくらいマンガやアニメやゲームに精通しているのか……それを知ることが肝要であった。

「のう、八幡《はちまん》よ」

　思いきって名前で呼んでみたら、ガン無視された。むぅ、いささか性急すぎたか。

「レイという名を聞いたとき、お主は誰が思い浮かぶ？　南斗《なんと》の人か？　エヴァの人か？　それとも火星の人か？」

「アムロの人だな」

「では凛《りん》という名を聞いたとき、誰が思い浮かぶ？　星空の人か？　渋谷の人か？　それとも遠坂の人か？」

「もう栗凛《クリリン》でいいよ」

「では樺地《かばじ》という名を聞いたとき、誰が思い浮かぶ？　テニスの人か？　氷帝《ひょうてい》の人か？　それとも技コピーの人か？」

「全部同じ樺地じゃねぇか」

　睨《にら》んだとおり、奴はこちらの質問には答えてくる。それをいいことに少しずつ会話をディープなものにしていく。

「きっと電撃の覇権は、これからも続くのであろうな」

「俺はいつかガガガの天下がくると信じてるけどな」

「ほう。ラノベもいける口か。ではお主が注目している絵師を三名、厳選して答えてみよ。ちなみに我《われ》は――」

「ほれ、集合かかったぞ」

そこまで話したところで、八幡はすげなく歩き去ってしまった。

なかなかガードの固い男だ。せめて奴の好きな作品がわかれば、そこから一気呵成《いっきかせい》に畳み掛けられたものを。まぁガガ好きと判明しただけでも良しとするか。

なに、まだ体育の授業は始まったばかり。時間は充分にある……と思ったのだが、そこに一つの問題が発生した。

なんと今日はバレーではなく、陸上だったのである。しかもマラソンだったのである。

自慢ではないが、我は長距離走が苦手だ。短距離走も苦手だ。できれば歩行もしたくなかったりする。階段も五段以上あると、暗澹《あんたん》たる気持ちになる。

おのれ体育教諭。ことごとく我の計画を邪魔しおって！　マラソンだとペアを組む必要がないので話せないだろうが！　こいつ絶対に我を置いていくだろうが！

懸念したとおり、やっぱり八幡に置いていかれた。

途中までは一緒だったのだが、次第に我が遅れ出し、「お前は構わず先に行け！　決して振り返るな！」と言ったらそうされた。奴は決して振り返らなかった。

どこまでも薄情な。仮に貴様が主人公であるラノベ作品があったとして、人気が出ることなど金輪際《こんりんざい》ないわ。とてもガガの看板にはなれぬわ。

そう心で毒づきつつ、本日の八幡リサーチを諦めかけたところ。

一度は見えなくなった八幡《はちまん》の背中が、前方にまた見えてきた。どうもかなりペースを落としているようだ。よし、あれなら追い付ける！　義輝《よしてる》ターボ、リミッター解除！

揺れる腹を押さえつつ、なんとか八幡の横に並ぶ。奴はこちらを一瞥《いちべつ》しただけで、特に何も言わなかった。薄情な。

「ぷひっ、どうした八幡。ぷひっ、我《われ》に構わず行けと言ったろう。ぷひっ」

「マラソンなんて頑張るかよ」

「ぷひっ、そうか。ぷひっ、ならば共に行こうぞ。ぷひひっ」

「なんか変な音漏れてるぞ、お前」

「気にするな。義輝ターボの副作用だ。ぷひひひっ」

「いつもの三割増しで気持ち悪いな」

千代《ちよ》の富士《ふじ》ばりに体力の限界を感じながらも、我はめげずに八幡リサーチを続行する。

趣味の範囲を確認するべく、今度はギャルゲーの話題をしてみた。その間もずっとターボの副作用は治まらなかった。ぷひっ。

「……そんなわけで我は、晴れてメインヒロインを攻略することに成功したのだ。エンディングの卒業式ではあちらから告白してきよったわ」

「そのままお前も卒業できたらよかったのにな。ギャルゲー」

「お主、この手のジャンルはやらぬのか？　意外と名作があるのは知っていよう」

「ある日ふと気づいたんだよ。ゲームの主人公は、結局のところ俺じゃないって」

「ぷひっ？」

「ゲーム内で学力や体力や魅力のパラメーターを上げても、俺のパラメーターが上がるわけじゃねぇ。ヒロインキャラが惚《ほ》れてんのって、俺じゃなくて主人公なんだよな」

「ぷひひっ？」

「ターボで返事するんじゃねぇよ」

周りの生徒たちにどんどん追い抜かれつつ、我《われ》と八幡《はちまん》はのろのろ走る。もはや単なる早歩きに近かった。

「ゲームみたいに優しい女なんて、現実にはいやしねぇよ。いや、ゲームの女だって同じかもしれねぇぞ？　お前に告白したヒロイン、他のプレイヤーたちにも告白してるぞ？」

「き、貴様！　すべてのギャルゲーヒロインに謝れ！　まずは藤崎詩織《ふじさきしおり》御大に謝れ！」

「じゃあ伝説の樹の下で待ってるよう言っといてくれ」

「あわよくば結ばれようとするでないわ！」

「だいたいお前に告白しなきゃいけないなんて、ヒロインにしてみりゃ罰ゲームだぞ」

「将軍差別をするな！　ぬぅん！　食らえ『大いなる神罰・災滅掌撃《ネメシス・ボルト》』！」

「だから、中二病もほどほどにしとけって」

そこで八幡は、やけに改まって我を見た。相変わらず濁った目だったが、ちゃんと我の顔を見て話しかけてきたのは初めてかもしれない。

「材木座《ざいもくざ》、人生とキャラの設定、統一しろ統一」

「ぷひっ？」

そう言い残したのち、八幡はペースを上げて走り去ってしまった。

残念ながら、追いかけることはできなかった。我のターボはすでに限界を超え、エンストを起こしていたのだ。

「人生とキャラの、統一だと？」

その言葉をぽつりと反芻《はんすう》しつつ、小さくなっていく奴の背中を見送る。八幡の姿は程なくして見えなくなった。

マラソンを続ける一団の中に隠れてしまったわけではなく。

熱気で我のメガネが曇ったからだった。


それからも我と八幡は、体育の授業があるたびにペアを組んだ。

とはいえ、仲良くなったかというとそんなこともない。奴は依然として対応が雑であり、隙あらば我をトレードに出そうとした。二百円までなら移籍金も払うとのたまった。

これまでの八幡リサーチで判明したことは、彼が予想以上にマンガやアニメやラノベに詳しいこと。特にガガガ文庫を好んでいること。

のちにわかったことだが、なんと国語の実力テストは学年三位であるという。

これには驚いた。どうやらガガガ文庫を読むと国語の成績がアップするようだ。

「……八幡《はちまん》よ。お主にこんな話をしても詮ないことではあるのだが」

その日。幸いにも再び授業がバレーボールとなった体育にて。

我《われ》は試合を観戦しながら、隣の八幡に語りかけた。奴はこちらを見向きもせず生返事をよこしてきただけだった。

「先日、駅前で見知らぬ女性からプレゼントを渡されてな。あれは前世における我が妻だったのかもしれぬ。幾星霜《いくせいそう》の刻を超え、また邂逅《かいこう》してしまうとは……」

「そのプレゼント、ポケットティッシュだろ」

「何故《なぜ》わかった」

「もっとオチをひねれ」

「こんなこともあったぞ。駅前で見知らぬ女性に『あなたの幸福を祈らせて下さい』と言われたのだ。あれは前世における我が妻――」

「もうオチすらねぇよ」

「ではこれならどうだ。先日、生活指導の平塚《ひらつか》教諭から『君も問題児の一人だな』と言われてな。もしや彼女こそが、前世における我が妻――」

「ねぇよ。たとえ前世だとしても、あの人が嫁に行けるとは思えん」

「ぬっ殺されるぞお主」

そこで我々が試合をする順番になったので、ひとまず雑談を中断する。

適当に終わらせて、八幡観測を続けよう……という我の目算は、しかしながら思わぬ形で瓦解《がかい》することとなった。

何故だか相手陣営が、やたらマジであったのだ。それに触発されるように、我が陣営もマジになってバレーに臨み出してしまったのだ。

「おし、絶対勝つぞ！」

「よっしゃ、たまには本気出すか！」

「マラソンに比べりゃ天国と地獄だしな！」

そんな声が飛び交い、試合はどんどん白熱していく。

この流れでは、さすがに我も頑張らざるを得なかった。サボったら尻を蹴り上げられる恐れがあった。それは将軍の誇りが許さぬ。

「ぷひっ、ぷひっ」

ブロックのためジャンプするたび、我の腹がぽよんぽよん弾む。自分が巨乳の美少女でないことを今日ほど悔やんだ日はない。

おまけに味方の打ったサーブが、我の後頭部に炸裂《さくれつ》するという謀叛《むほん》まで起こった。打ったのは八幡《はちまん》だった。

ようやく試合が終了したときには、しこたま疲労困憊《ひろうこんぱい》。

コートを出た途端にどうと大の字に倒れ、鯉のごとく口をぱくぱくさせる。そんな我《われ》をひょいと覗《のぞ》き込んできたのは、誰あろう謀叛《むほん》人のぼっちであった。

「いや、悪い悪い。手元がくるっちまって」

「き、貴様……許さぬぞ……ぷひ」

「残念だったな。うまくいけばまた保健室に行けると思ったんだが」

ぬっ殺してやりたかったが、それだけの体力が残っていなかった。

まあよかろう。下剋上《げこくじょう》は世の常である故、ここは寛大な心で不問にしてやる。一つ貸しにしといてやる。だけど涙が出ちゃう、将軍だもん。

数分後。なんとか起き上がれるようになった我は、ふと八幡に問いかけた。

「時に八幡。以前にお主が言ったことなのだが」

「なんだよ」

「人生とキャラの設定を統一しろ……そう我に言ったが、あれはどういう意味だ?」

「ああ、あれか。お前って足利義輝《あしかがよしてる》の魂を受け継いだ剣豪将軍なんだろ?」

「いかにも」

「でも実際は、ぼっちで中二病の材木座《ざいもくざ》義輝だろ?」

こいつにぼっち呼ばわりされると、通常の三倍くらい腹が立つ。ハート様から「痩せろよこのハゲ」と言われるくらい腹が立つ。

「現実と理想の自分を、もう少しすり合わせたほうがいいんじゃねぇかと思っただけだ。気にするな、別に深い意味はねぇよ」

「現実と理想の自分……」

確かに我は天下無双の剣豪将軍でありながら、バレーやマラソンごときにぷひぷひ言っている。夜遅くまでギャルゲーをやっているし、メイド喫茶が好きだったりする。

これには足利義輝公も嘆いておられるやもしれぬ。三好長慶《みよしながよし》によって京を追われたときくらい歯嚙《はが》みしているやもしれぬ。

しかし、だからといってどうすればいいのだ？

我は剣豪将軍・材木座義輝――その設定は今さら変えられぬ。いや設定じゃないけど。マジで剣豪将軍だけど。

我は常在戦場の精神を信条としている。ならば本来は、肉体を鋼のごとく鍛え上げておかねばならぬ。しかるにこのぽっちゃり体型……怠惰な己が憎らしい。むしろ肉らしい。

それきり思考の迷宮《ラビリンス》に入り込んでしまい、我は無言になってしまった。

授業が終わるまで、八幡と会話することをすっかり忘れていた。気づいたときには奴の姿はどこにもなかった。ここまで忘我の境にあったとは不覚なり。

他の生徒らはまだ周りにいたが、どういうわけか見覚えのない顔ばかり。

そこで我《われ》は察した。彼らは次の体育の生徒だと。

すでに授業どころか、休み時間すら終わろうとしていることを。

「せめて一声かけていかぬか！　あの薄情ぼっちが！」

我はなけなしの体力を振り絞り、校舎へと即時撤退した。


比企谷八幡《ひきがやはちまん》から謎の訓告を受けてからというもの。

我は物思いに耽《ふけ》ることが多くなった。何故《なぜ》だか奴の言葉が、頭にこびりついて離れようとしなかった。

人生とキャラ設定の統一。それは果たしてどういうことか？

現実の我は、剣豪将軍とあまりにかけ離れている……その指摘はわかる。そもそも我は、日本刀を握ったことが一度もない。これはラケットを握ったことがない樺地《かばじ》に等しい。

もちろん、悪しき敵と戦ったこともない。ゲームでしかない。すなわちマリ○テニスしか試合経験のない樺地《かばじ》も同然である。

我はこのまま、ずっと平和な日常を甘受し続けていくのだろうか。所持する十二の神器を使うこともなく、この総武《そうぶ》高校を巣立っていくのだろうか。

そう考えると言い知れぬ焦《あせ》りを覚える。尻がむず痒《がゆ》くなる。

……あれ以降も体育では、八幡とペアを組み続けている。

しかし会話量はぐんと減った。我が話しかけぬ限り、奴とのトークが発生することはないのだ。それをさして気にしていないあたり、いけずなぼっちである。

「我は剣豪将軍として、この現実世界で何ができる……？」

教室でもじっと腕を組み、ひたすら黙考する我。

その憂いを帯びた横顔にきゅんとした女生徒も少なからずいただろうが、告白してくる者はいなかった。卒業式まで待つつもりのようだ。

悶々《もんもん》としたまま、体育の授業がまたやってきた。

当たり前のように八幡とペアになり、お決まりの柔軟体操を始める。ここのところトークレスだったので、適当な世間話をするとしよう。

「八幡。『蓬莱軒《ほうらいけん》』というラーメン屋を知っておるか？　新潟ラーメンの店で、あっさりとしたスープが極上なのだが」

「へぇ、そのうち行ってみるか」

会話を振れば、八幡は普通に返してくる。が、決して「じゃあ一緒に行こうぜ」と誘ってきたりはしない。我もそんな気で教えたわけではない。

いずれはそういう未来がなきにしもあらずだが、現在の我々は友達ではないのだ。

体育のペアであぶれぬための互恵関係……我《われ》と八幡《はちまん》は、それだけの仲だ。単に癒着しているだけなのだから。

「八幡よ。現実というのは……味気ないものだな」

背中を押してもらいながら、つい我はそんな愚痴《ぐち》とため息を吐《つ》いてしまった。

「はぁ？　なんだよいきなり」

「この現代において、剣豪将軍の出る幕などないのやもしれぬ。我の転生を知り、亡き者にせんと命を狙《ねら》ってくる輩《やから》が現れたことは……いまだかつてない」

「そりゃそうだろ」

「我が望んだ学園生活は、こんなものではなかった。どこかにおらぬものかな。最初はつんつんしてるけど、接しているうちに段々と不器用にデレてくる美少女は」

「いねぇよ、そんな伝説獣」

「どこかにおらぬものかな。おっぱいの大きい、わりと最初から好感度の高い女子は」

「いねぇよ、そんな有形文化財」

「どこかにおらぬものかな。え、ホントに付いてるの？　嘘《うそ》でしょ？　と目を疑ってしまうほど可愛《かわい》らしい男の娘は」

「お前は何を言ってるんだ」

靴の裏にこびりついたガムを見るような目で、我を一瞥《いちべつ》する比企谷《ひきがや》八幡。「死ね」と言いたげな視線だったが、我にそんな罵倒《ばとう》は通用せぬ。すでに耐性が付いている。

ついでにここ数日の懊悩《おうのう》を相談してみようかと思ったが、それはやめておいた。

こいつも「別に深い意味はない」と言っていたし、答えなど持ってはいないのだろう。なによりこの男に教えを乞《こ》うなど、剣豪将軍としての沽券《こけん》にかかわる。

我は孤高。ずっとそうやって生きてきた。

同じぼっちの境遇とはいえ、他者に啓示を求めるなどという無様な真似はできぬ……と自身に言い聞かせていると。

「材木座《ざいもくざ》。お前のそういう妄想癖、もっと有益なことに使えりゃいいのにな」

——何の気なしに呟《つぶや》いたのだろう八幡の一言に、我ははっとした。

それはまごうことなき、大菩薩《ぼさつ》からの啓示であった。

「八幡よ……お主、なんと言った？」

「え？　ああ、ラーメン屋に行ってみるって話か？」

「そんな昔の話ではない！　今しがたなんと言った！」

「ああ、デレてくる美少女なんていねぇって話か？」

「違うわたわけ！　もっと直前に言った言葉だ！」

「ああ、死ねって」

「言っておらぬわ！　そういう視線で我を見ただけだわ！」

もういい。この腐れぼっちには訊かぬ。確認せずとも、こいつが発した一言は脳裏にしかと刻み付けられている。

「そうか……そういうことであったか……！」

「え？」

「そういうことであったか八幡《はちまん》！」

「どういうことだよ」

「そういうことなのだな八幡！」

「いや聞けよ！」

「あったか！　そういうことで！」

「それ倒置法でもなんでもねぇよ！」

八幡のツッコミを無視して、我《われ》はすくっと立ち上がる。そして高らかに笑った。頭の中にかかった靄《もや》が、一瞬にして晴れたような心地だった。

「ハーッハッハッハ！　八幡よ！　お主はたぶん、人の悩みを解決する仕事とかに向いていると思うぞ！」

「意味わかんねぇ……」

「我ここに、己が進むべき道を見出《みい》だしたり！　貴様の言葉が！　その無駄なリアリスト視点が！　ガガガ文庫を好む男であることが！　我に一条の光をもたらしたのだ！」

ぽかんとしている八幡を尻目に、我はくるりと踵《きびす》を返す。そして校舎へと歩き出す。

こうしてはおれぬ。思い立ったが吉日、すぐに行動に移さなければ。

あった。あったのだ。この剣豪将軍が、この現代にて、天下を握る方法が！　現実と理想を統一させる手段が！

「クックック……皆がこの材木座義輝《ざいもくざよしてる》の前にひれ伏す姿、目に浮かぶわ」

自信に満ちた足取りで、我は意気揚々とグラウンドを歩き去る。

だが数秒後、襟首《えりくび》を体育教諭に摑《つか》まれた。公然と授業をエスケープしかけたことに対し、未《み》曾《ぞ》有《う》の大目玉を食らった。

おのれ体育教諭。この剣豪将軍を涙目にさせようとは。

あまつさえ「お前だけ今日はマラソンだ」と死刑宣告してこようとは。

救いを求めるように八幡を見やると。「死ね」と言いたげな視線が返ってきた。


その日以来、我に迷いはなくなった。

――材木座、人生とキャラの設定、統一しろ統一――

かつて比企谷《ひきがや》八幡に言われた一言。我を大いに惑わせたその精神攻撃に、明確な答えを導き出せたのだ。

「もっと早く気づくべきだった。そう、我《われ》は……ラノベ作家を目指すべきだったのだ」

自慢ではないが、妄想には自信がある。

登下校、休み時間、昼食……果ては授業中や就寝時にすら、我はイマジネーションに没頭し続けてきた。そんなことしかしてこなかった。

来るべき戦とは、どのようなものだろうか？

敵は何者で、いかなる目的を持っているのだろうか？

我はそこで、どんな活躍をするのだろうか？

そんな我を取り合う美少女たちは、どんなタイプが揃《そろ》っているのだろうか？

どういう形でラッキースケベに見舞われるのだろうか？

いつ、どこで、誰とラッキースケベに見舞われるのだろうか？

凄惨《せいさん》な戦いのあとには、どんなラッキースケベが待っているのだろうか？

割合的にラッキースケベの夢想が多かったが、ラノベ作家という職業においてはそれすらも武器。むしろ必須スキルと言えよう。

「我の脳内だけで完結していた様々なプロット……それらを形にすることが生業《なりわい》となれば、人生勝ったも同然ではないか？」

これこそが現実と理想の自分をすり合わせるということ。

ラノベ作家であるならば、剣豪将軍であり続けてもおかしくはない。おそらくラノベ作家なんて、そんな奴ばかりのはず。

……実のところ、そういう道に進むことを一度も考えなかったわけじゃない。

小学生の頃、夢は漫画家だった。しかし己の画力の限界を悟るのに、そう時間はかからなかった。

中学生の頃、夢は小説家だった。とはいえ本編を執筆せずに、ひたすら設定ばかりを考えていた。いざ書き始めると面倒で、億劫《おっくう》で、だるくて、数ページで挫折《ざせつ》してしまった。

思うに我には、覚悟が足りなかったのだ。

真剣に「物語を創作しよう」という本気度が不足していたのだ。

以前に八幡《はちまん》から言われた、オリジナル設定で勝負することから逃げたという指摘……確かにあれはそのとおりかもしれない。

我は史実に甘えていたのかもしれぬ。いや、そこは仕方ないんだけど。剣豪将軍なものは仕方ないんだけど。

だからラノベだけは、オリジナルの発想で勝負せねば。

でなければ足利義輝《あしかがよしてる》公もお怒りになるだろう。松永久秀《まつながひさひで》らに攻め入られたときくらい激おこであられるだろう。

「書き上げてくれよう。血湧き肉躍る壮大な異能力バトルを。美少女の乳躍るキャッチーなラノベを！」

そうして我《われ》は、一心不乱に執筆に取り組んだ。溢《あふ》れる妄想の丈をぶつけまくった。舞台は現代、日本のとある地方都市。そこに跋扈《ばっこ》する秘密組織や能力者たち。主人公は秘められた力が覚醒し、彼らに敢然と立ち向かう……土台はこんなところか。

「よし、いける。既視感がないこともないが気のせいだろう。王道だからだろう」

一週間のほとんどを、小説のことばかり考えて過ごした。他のことは考えなかった。考えたのは受賞者コメントくらいだ。

……自分でも驚いたのは、まったく筆が止まらなかったこと。

それどころか、書き進めるたびに我のテンションは上がっていった。これが筆が乗るという現象か。もしかして我、才能あるんじゃない？　芥川賞取れるんじゃない？

「楽しい……楽しいではないか！　小説を綴《つづ》るという行為は、こんなにもいとおかしきことであったたか！」

書くことが楽しい。これは作家として最大の資質であろう。ちなみに調べてみたら、いとおかしは「とても赴きがある」という意味だった。プロになる前に気づけてよかった。

執筆作業に着手してからというものの、毎日が非常に充実した。

体育の授業中は、構想を練る時間に充てた。なので心苦しいが、あまり八幡《はちまん》の相手はしてやれなかった。すまぬ相棒。

が、八幡は特に気にすることなく平然としていた。あとで知ったのだが、彼はちょうどその頃「奉仕部」なる部活に強制入部させられていたらしい。

……そして、それから程なく。

我はついに小説を完成させた。達成感が半端なかった。

「なんという出来栄えよ……まさか処女作にして最高傑作となってしまうとは」

これが書けるとは、やはり天才か。我は剣豪将軍であり文豪将軍であったか。それほどの力作、自信作、超大作だった。

すぐにでも新人賞に送らねばと思ったが、逸《はや》る気持ちを押しとどめる。しばし待て。待つのだ巨匠・材木座義輝《ざいもくざよしてる》。急《せ》いては事を仕損じるぞ。

ひとまずこれを、誰かに読ませてみるべきだろう。

ただしネットは駄目だ。彼奴《きやっ》らは容赦がない。もちろん自信はあるのだが、こちらは人に見せるのは初めてである。最初は優しい人がいい。乱暴にしないで欲しい。

「普通に考えれば、身近な友達か」

問題は、我に友達がいないことだ。よもや孤高の一匹狼であることが、こんな形で災いしようとは。

どうしたものか。いっそ駅前でポケットティッシュをくれた前世の妻に頼むか？　それとも幸福を祈ってくれた前世の妻に……数日間、そんなことを思い悩んでいたところ。

「待ちたまえ材木座。それは小説の原稿か？」

ある日の昼休み。静かな場所で自著作を読み返すべく廊下を歩いていた我《われ》を、後ろから呼び止めてきた者がいた。

生活指導の平塚《ひらつか》教諭だった。前世における三人目の我が妻だった。いや、さすがにこの人が妻はないか。DVの被害者になるなど、将軍の誇りが許さぬ。

「あ、その、まぁ……」

我が手にある原稿の紙束を見ている平塚教諭に、しどろもどろ返事する。DVの被害者のようにびくつきながら。

「ほう、君にはそういう趣味があったか。実は私も、学生時代にいくつか小説を書いてみたことがある。決して他人に読まれてはいけない代物だがな」

おそらくドSの主人公が、弱者をひたすら虐待する物語だろう。

　が、意外にも我を見る平塚教諭の目は優しげだった。てっきり「小説を書く暇があったら勉強しろ！」と虐待されるかと思ったが、命拾いした。

「で、誰かに読ませてみたのか？」

「いえ、それが……」

結果的に、そのまま事情を打ち明けることになってしまう。読んでもらう相手を捜していると告げると、なにやら平塚教諭はふむと頷《うなず》いた。

「……よし、君に指令を出す。奉仕部へ行け」

「ほーし部？」

「あそこには君と同じ症状の人間がいる。二年F組の比企谷《ひきがや》といって——」

まさにそれこそが、我が相棒の所属するという部活だった。

聞けばそこは、悩める生徒の相談に乗るための場所であるとのこと。しかもメンバーに八幡《はちまん》がいるとなれば、もはや縁《えにし》すら感じる。

——行くしかあるまい。

我の小説を最初に読ませる相手として不足はない。この道を我に指し示したのは、他でもないあの男なのだから。

思えば我は、心のどこかでそれを望んでいたのやもしれぬ。感動に打ち震《ふる》えるあいつの顔を見たかったのやもしれぬ。今後は敬語にさせてやりたかったのやもしれぬ。

よし、いざ参らん！　時は来た！　それだけだ！

早速ながら放課後、特別棟にある奉仕部の部室へと我は赴いた。

どうも早く来すぎてしまったらしく、まだ室内には誰もいなかった。是非もない、しばし待つとしよう。

部活ということは、メンバーは八幡だけではあるまい。

もしかして女子もいるのだろうか。我の作品を読んだら惚《ほ》れられてしまうのではないだろうか。やれやれ、困った奴だ。甘えるのは二人きりになるまで待たぬか。

そんなことを考え、一人でにやにやしていると。

不意にからりと扉が開いた。入ってきたのは果たして我《われ》のよく知る、腐った目をした相棒であった。

次の瞬間、窓から吹き込んだ風によって我の原稿が撒《ま》き散らされる。まるで手品で使われるシルクハットから飛び出た、幾羽もの白い鳩のように。

「ククククッ、まさかこんなところで出会うとは驚いたな。——待ちわびたぞ。比企谷八幡《ひきがやはちまん》」

舞い散る白い紙の中、我は腕組みしつつ不敵に笑う。剣豪将軍らしく威風堂々《いふうどうどう》と。

……さあ比企谷八幡よ。震撼《しんかん》してもらおうか。

我の描いた世界を、ライトノベルの地平を、貴様に見せてしんぜよう！

フハハハハ！　グラーッハハハババババ！


——こうして我は、天下を握った。

我が小説を読んだ奉仕部の者たちは感涙し、サインを求め、口を揃《そろ》えて我を「天才だ」と称賛した。卒業後はラノベ作家の頂点として君臨し、アニメ化された著作は十本にも——

「おい材木座《ざいもくざ》。なんだよそれ」

その時。いきなり背後から声をかけられ、我は執筆の手を止めた。

そこにいたのは誰であろう比企谷八幡。我が従者であり、愛刀であり、相棒であった。

「邪魔をするな八幡。我は今、いつか発表される自伝のため回顧録をまとめているのだ」

「そんなもん奉仕部の部室でやるなっての」

言いつつ、我の原稿を手に取る八幡。ざっと目を通したのち、汚物を見るような目をこちらへ向けてくる。消毒したげな眼差《まなざ》しだった。

「……捏造《ねつぞう》がひどいな。お前との出会いって、こんなだったか？」

「エピソードには尾ひれがつくものよ」

「だいたいあの小説、みんなからボロクソに――」

「言うな！　それ以上は禁忌《きんき》だ！　口にしてはならぬ！」

「お前、ショックのあまり白目むいて――」

「黙れ！　将軍は省みぬ！　過去など振り返らぬ！」

「なら回顧録とか書いてんじゃねぇよ」

我が名は材木座義輝《よしてる》という。

天下無双の剣豪将軍にして、ラノベ作家志望である。

友達募集中である。

思いのほか比企谷八幡の受験指導は的を射ている。

田中ロミオ
挿絵：戸部淑

受験の時期が近づいていた。

もちろん俺じゃなく小町《こまち》のだ。

……いや俺の受験も着々と近づいてはきてるんだけども、なにぶん二年生だし十月だしで、まだ焦《あせ》るような時間じゃない。予備校にだって通っているし、成績も維持している。ぬかりはない。だけど何があるのかわからないのが受験というもの。不安がないといえば嘘《うそ》になる。

それでも未来の俺なら、三年生の俺ならきっと何とかしてくれる……!!

そんなわけで日々ゆるく生きる俺なのだった。少なくとも今は。未来の俺さん、よろしくおなしゃすお願いします。

しかし小町は三年生。当事者である。切迫の度合いが違う。

「…………」

小町は今、庭をぼんやりと眺めていた。驚いたことに腐った魚の目でだ。

戦慄《せんりつ》した。

腐った魚の目とは、俺の専売特許じゃなかったのか？　まさか遺伝だったとは。俺たちの祖先は魚類？　そうか、だから集合写真でいつも魚の目みたいにはれぼったい目で写ってしまうのか！　謎は全て解けた！

……この負の連鎖は断ち切らねばならないな。

そのためには小町に子孫を残させないようにしないと。なにしろ子孫を残す可能性があるのは、我が家では小町だけだからな。

具体的には小町の彼氏候補が現れるたびに必ず圧迫面接に持ち込んで、恋活うつに追い込む。小町溺愛《できあい》の親父が全面的に協力してくれるはずだ。

しかし猫の額ほどの庭に、いったいいかなる侘び寂びを見いだしているのか。疑問に思っていると、小町がぼそっと呟《つぶや》いた。

「……ありんこ。小さき生をせいぜい営むが良い……」

どうやらアリの矮小《わいしょう》なる様を見て、心の安寧を得ていたようだ。

ああ、いい感じにストレスためてて、君は実に受験生だな。

お兄ちゃんもよく虫けらみたいな人間を見て、心の安定をはかるんだよ。俺たち、似た者兄妹だね。

小町がここまで負のオーラをまとうのは珍しい。兄として何とかしてやりたい。でも受験だけは自分との戦い、助けようがない。できるのは勉強を教えてやることくらいだが、小町はいわば穴のあいたバケツ。いくら知識という水を注いでも、だばだばお漏らししちゃう。やだ、アホすぎて愛おしい。そうだ、またかわりに課題やってやろうっと。

いやいや待て待て。それ助けてるようで小町《こまち》のためになってないですから。過保護ですから。でも仕方ない、小町が過可愛《かわい》いのが悪いんだ。

「……さ、そろそろテス勉に戻らないとね！」

小町が死魚の目からしいたけ目にスキンをつけかえ、立ち上がる。ついでに口も栗みたいにしてくれていいんだぞ。Ｋａｗａｉｉは大義。

しかし無理をしている感がありありだな。

「なあ、俺が少し勉強方法教えてやろうか？」


ぎょるっ!!


軽い気持ちで述べたことに小町が強く反応した。

ヒラコー先生の描くところの、おヤバイ奴がおヤバイ同類を察知した時の振り向きっぷり。顔もそんな感じ。吸血鬼なんかじゃなくせいぜいが半魚人な俺は、思わずびくっとしてしまう。こらこら、ジャンルが違うでしょジャンルが……。

「佐々木ゼミナール津田沼高のノウハウを、ついに小町に伝授してくれる時が来たの!?」

「いやそれ大学受験用だし。高校受験にゃ使えないって」

「しょんぼり……」

全身でしょんぼりしてみせる小町。あざとかわ。

「お兄ちゃんからそんなこと言ってくれるの嬉しいけど、どういう風の吹き回し？」

「ああ、小町ってその……ちょっとアレ（A）だろ？　だから普通の勉強方法だとソレ（B）な気がするんだよな。だもんで、やっぱり小町に教えるとしたらコレ（C）しかないんじゃないかって思ってな」

「……ABC、それぞれの指示語が示す内容を答えよ。5点×3」

そいつを訊くのかよ。くっ、仕方ねえ……。

「Aアホ、B理解困難、C馬鹿にもわかる勉強法」

「うわーん！　例文がほぼ罵倒《ばとう》になっちゃったよ！」

「俺だってこんなひどいこと言いたくなかったぜ……」

よくいるよな。本音をぶつけてこいって言い張るわりには、聞いた途端に激怒するやつ。

「……でもその通りだよ。認めるよ。勉強はかどってないよ。小町はアホの子！」

「そこまで言い切らんでも……」

だいぶ心労がたまってみたいだな。

「で、その、馬鹿でもわかる方法ってどんなの？」

「いや、たいしたことでもないんだけどよ。おまえ、今までわかんないこと個別に質問してきたろ？　で、俺も個別に説明してきたわけだけど、それが良くないいんじゃないかって話」

「つ、つまりどういうことだってばよ？　はやく言ってお兄ちゃん！」

「お、おお……」

食い気味すぎてちょっと怖いな。

「教科別に勉強法って違うだろ？　たとえば数学は一ページ目を完全理解するまで、次に行くのは絶対にマズい。最初に基礎やって、それ使って応用問題を出すからな」

「そうだね。でも授業が進むと、範囲にひととおり目を通すだけで目一杯になっちゃって、基礎をやり直してる時間がなくなっちゃう」

「だとしても、基礎からやってかないといけないんだ。逆に世界史とか国語は、できるとこから進めてっていい。教科ごとのコツがあるんだ」

「ほほほうほうほう」

小町《こまち》はちょっとせっかちなところがある。それが悪い方向に出て、正しい勉強法が身についてないような気がした。

「俺は今じゃ理数系は捨ててるけど、受験の時はそれなりに頑張ったから、今日はそんときのノウハウを本格的に継承してやるよ」

「おおお……」

小町のしいたけ目がらんらんと輝きはじめた。もはやそれはしいたけを越えるもの、まつたけ目だった。

「そんなすばらな勉強法なら、是非うちのクラスの子たちも呼んでいい？」

「えっ？　なんで？」

「今うちのクラスね、受験ムードでガタガタなの。そのせいか教室で勉強してると、ピリピリが伝わってきていまいちパリッとスタディできないんだよね。だから総武《そうぶ》高に実際に受かった人の勉強法って、すごく参考になると思うんだ」

「まさかそいつらにも教えろってのか？」

「だめ？」

本音を言えば、気は進まない。正直、こんなに可愛《かわい》い妹さえいればいい。でも最近、なんだかんだで俺も知り合いを家に呼ぶようになっちまってるからな。イヤとは言いにくい。

「わかった。講師なんてガラじゃないけど、やってみる」

「ありがとうっ！　じゃすぐ呼ぶね」

小町はすぐにスマホを取り出して、連絡網らしきものを回しはじめる。

……さすがは次世代型ぼっち。小型で高性能。ひとりでいるのも好きだけど、交友関係も維持できますよって感じ。この大型お兄ちゃんタイプではだめだ。兄より優れた妹など、ここに存在します。

「お兄ちゃん、十人くらい来ることになっちゃった！」

「多いな！　じゃ部屋じゃなくて、リビングでやるか……」

「あ、そうだ……これ言っとかなくちゃ。うちのクラスメイトってその、みんなパリピなんだよね」

「何……だと？」

俺の霊圧が消えた。

「しかもウェーイ系でもある」

俺の霊圧が息してない。

「ウェーイ系パリピって人類悪の具現そのものじゃねぇかよ。そんな連中と付き合ってるだなんて、俺と親父が許さねぇぞ」

「クラスメイトは選べないんだよ、お兄ちゃん」

「なんで自分から連絡網回したし」

「パリピだけど、悪い子たちじゃないから……ただもしかするとちょっとお兄ちゃんには居心地悪いかも……」

面倒くさくなってきちまった。小町《こまち》には悪いが、挨拶《あいさつ》だけして出かけちまうか？

でもそれやっちまったらこいつの顔が潰《つぶ》れるか。却下だな。

「……いいよ、やってやる。呼べよ。そのパーリィピーポーどもをよ」

「ありがとう。本気で恩に着ます」

小町《こまち》は合掌し、申し訳なさそうに頭を下げた。

ということで休日の午後、緊急勉強会の開催が決まったのだった。

× × ×

「じゃ紹介するね！　クラスメイトのみんな！　みんな、この方がうちのお兄ちゃん様です」

説明雑いな！　紹介になってないんだが……。

「あっ、（各人の名前）です……今日はよろしくお願いします……」

という感じで、ひとりひとりがテンプレ気味に自己紹介を終える。

こっちも雑だ。名前なんて覚えらんねーから別にいいんだけど。顔だって夜まで記憶できてるか怪しいし。

とりあえず男子が六人、女子が五人という布陣か。ここに小町を入れて、俺の生徒は十二人になる。おいおいまるでカリスマ塾講師だな。

……いや、カリスマにはなれそうにない。中学生たちは皆「えっ、こんな接しにくそうな人が？」「犯罪者の目してるんですけど？」「そもそも小町さんと血の繋《つな》がりなさそうなんですけど？」などといった失礼なことを考えていた（考えているに決まっているのだ）。

第一印象が悪いのはいつものことだが、中坊だけあって感情表現があけすけだな。

「質問！　お兄ちゃん様は、現役の総武《そうぶ》高生であらせられるんですよね？」

メガネをした委員長っぽい女の子が、びしっと挙手をキメてそう言った。

「ああ、総武高二年。ま、自己紹介がわりに言うなら、俺の成績は（国語のみ）学年三位だ」

おおー、という声が重なる。さっきまで疑わしげだった目が一斉に輝いた。しいたけ畑かよここは。

さすが受験生。成績が良い相手を無条件で崇拝する。

にしても、こいつらがパリピ？　ウェーイ系？

顔には不安が色濃く滲《にじ》み、背は丸まり、肩は落ちている。寝癖が取り切れてない者も多い。枝毛も目立つし、全体的にボロい。暗い。暗すぎる。

国民的アニメの三年四組でたとえるなら、藤木《ふじき》君と野口《のぐち》さんだ。パリピってのは大野《おおの》君とか城《じょう》ケ崎《がさき》さんみたいな存在を言うんだろうに。これはいったいどうしたことだ？

小町が言った。

「……かつては元気だったみんなも、受験ムードに押しつぶされて今はこんななんだよ」

そこまで追い詰められてるのかよ。そういうのもはね除けるのが真なるウェーイ者じゃねぇのかよ。

だが、そういうことなら俺はむしろやりやすい。

「ちーっす！　お兄ちゃん様ちーっす！　本日はよろこんにちばんちわっ！　さっそくなんす

けど勉強とかテン下がんで自分恋バナしていっすか⁉」

「えーっ！　お兄ちゃん様って学校でぼっちってるんですかーっ！　成績良くてもそれオワじゃないですかーっ！　きらめけない人は人権ないって知ってますぅ？」

みたいなノリで来られても殺意がフルヘッヘンドしちまうからな。

「……あ、ども……今日は……っす……」

「……すいません……ここ……えっと……わかんない、んですけど……」

とかだと、俺的にはとても印象がよろしい。むしろ好きまである。世間一般の基準は逆なんだろうけどな。

今のこいつら相手なら、俺もなんとか平常心を保てそうだ。

「みんな、現役総武《そうぶ》高生様による受験ノウハウ継承の儀じゃ！　心してかかれ！」

小町《こまち》が号令をかけると、中坊たちはへなへなした声で「……おー」と拳《こぶし》を十センチくらい持ち上げた。

いや三〇センチくらいは掲げろよ、パリピならよ。

×　×　×

リビングに全員を連れていき、さっそく勉強会ははじまった。

いきおい、俺が全員に講義をすることになる。これだけの人数だと、いきなりそう高度なことは教えられない。俺が受験の時に意識した点や、合格したあとになって「これはやっといて良かった」と感じたことなどを軽く話してやった。

なんだかんだで当時を思い出しながら話すと、三〇分ほどにもなった。

「すごく参考になる……」

「勉強の長期計画、立てなおそうかな……」

「そっか、苦手な部分は捨てるって選択肢もあるのか……」

総武高校はなかなかの進学校だけど、日本を代表する超ハイレベル校というほどでもない。だから完璧《かんぺき》を目指さず、そこそこ効率良く勉強すれば合格ラインを越えるのはそんなに難しいことじゃないんだ。

「じゃあお兄ちゃん様の教えに従って、さっそく各自勉強してみよ」

メガネの子が皆に発破をかけた。

どうでもいいけどお兄ちゃん様って呼び方やめてくんねーかな……。けっこう小馬鹿にするニュアンス入ってるぞこれ。

十二人の中学生は、猛然と勉強に取り組みはじめた。

カリカリコリコリ。

ノートにシャーペンを走らせる音といえど、いくつも重なるとけっこうな音圧があるものだ。これぞ受験ムード。

俺も当時はこんな感じだったなあ。

たまに誰かが悩んでいても、わかる誰かがすぐに教えに入る。積極的な学習態度だ。臨時講師の俺だが、すでに脳内でレガシー化した理数系の質問には答えられないから助かる。

こいつら、しっかり勉強できてるじゃないか。

どうしてこれだけ真面目に取り組めて、ピリピリしてしまうんだ？

その理由は、じきに判明した。

×　×　×

「ふう」

集中ムードの中でひとりだけ気を抜く者がいると、俺にはすぐにわかった。

講師目線ってこんな感じなのかと新鮮に思う。

その男子は、ノートから顔を離すと、気怠げに首をほぐした。そして再び勉強に戻るのかと思いきや、テーブルの下でスマホを取り出し、サコココと高速フリック開始。

……注意すべきかどうか迷ったが、自主勉でそこまで管理するのもどうかと思い、黙っていた。そのうち自力で復帰すると思ったのだ。

しかし男子は、それからずっとスマホをいじりっぱなしだった。

え？　何してんのそれ？　レイドボス!?　おいおい受験生なんだからまず自分というレイドボスを倒してこそだろ？　マジかよこいつ。

とか戦慄《わなな》いているとさらに追加で。

「ふう」

ふたり目のサボリ君が出た。

やはりシャーペンを放り出し、のびなどをしはじめる。で、テーブルの下に隠すようにスマホを取り出し、高速フリックサコココ以下同文。

生徒側からは気付かれてないつもりでも、教壇からだと丸わかりだっつうの。うーん。俺が教師でここが教室なら、確実に注意しないといけない局面だな。これを見逃すのは職務怠慢だ。けどそこまでする義理がなあ。

ということで嫌な予感はしたがやっぱり無言でいた。

やがて、ふたりのサボりは次第に周囲に伝播していった。

「うーん」「むぅ」「おふぅ」

感染していく。緊張の途切れが、空気感染を引き起こしていく。エピデミック。

リビング全体に「ふう」ムードは蔓延《まんえん》し、今でもガリガリやっているのは二人だけという状態だ。

勉強を完全に中断してしまった二人。八人ほどがサボっているわけじゃないが、集中力を欠いて停滞。全体の学習効率は一気に落ち込んでしまった。

すごいな。だらけがクラスに伝播するのって、こんなに明確に見えるんだな。

「お兄ちゃん、ちょっと」

小町《こまち》に呼ばれて廊下に行く。ここなら誰にも話は聞かれない。

「まだ三〇分くらいしかやってないのに、グダついてきたな」

「お気づきか兄者。そうなの。いつもこうなんだよ。教室で自習してる時でも、最初は真面目にやってるのにだんだん気が抜けてくるんだよね」

「で、思ったより捗《はかど》らず、だけど焦《あせ》りだけはあるから、教室全体がピリピリしちまうってわけか」

「そうなんだよ。うちで現役生と一緒に勉強したら、緊張続くかなと思ったけど……いつもと同じになっちゃった」

んもー、と頭を抱える小町。

「見てて気付いたけど、サボるやつが同じ空間内に出ると、周囲にもうつっちまうんだな」

「だらけても、ちょっと休憩してまた戻ってくれるといいんだけど」

「個人差があるからな。さすがに三〇分もたないのは短すぎるけど」

「だよねえ。どうしよ、これじゃいつもと変わらないよ」

くそ、サボり野郎どもめ。俺の妹を悲しませやがって。

「俺なりのやり方で良ければ、そのあたりもコミでコーチングしてやれはするけど……でもな……」

小町がワニのように食らいついてきた。

「本当っ!?　それはぜひぜひだよ、お兄ちゃん様！」

「ちゃん様と呼ぶな。ただアレだ、俺のコーチングはちょっとばかしシビアかもだぞ」

「構わないよ！　奉仕部で鍛えられたお兄ちゃんの解決テク、存分に発揮しちゃってよ！　なんだったら小町もコーチング手伝うから！　コマチングするから！」

なんだよその謎可愛《かわい》い指導法は。世界をコマチで染める気かよ。やめとけ小町、染めるのは俺だけにしておけ。

「……わかった。じゃやれるだけやってみるよ。認識の甘いやつらに見せてやるさ、自主勉地獄ってやつをな」

ニヤリとした俺を見て、小町は一瞬「大丈夫かなあ？」と不安そうな顔になった。

×　　×　　×

「君、ちょっと出頭してくれるか？」

「ぼ、僕っすか⁉」

テーブル下スマホボーイをふたりとも、肩叩《たた》きする。もちろん左遷《させん》的な意味での肩叩きだ。さあ震《ふる》えるが良い。

「こっちに来るんだ」

「ど、どこに連れていかれるんですか?」「俺たち、シメられるんですか⁉」

「いいから来るんだ」

サボり当事者のふたりを俺の部屋にご案内した。

「ようこそ自己責任の教室へ」

「うわあ、この部屋、ライトノベルがいっぱいっすね！」

「漫画も揃《そろ》ってる！　しかもマニア好みのやつばかり！　お兄ちゃん様、マジわかってますねこのラインナップ！」

「君たちはたいへん優秀だ。だからより良い環境であるこの部屋での自習を許可しよう。ランクアップしたと思ってくれ」

と告げると、ふたりの顔がみるみるうちに輝きはじめた。

「マジっすか！　僕、ふだん弟と相部屋なんでこういう個室憧れてたんすよ！」

「この部屋なら勉強もはかどりそうです！」

「存分に集中してくれ。君たちならできる。俺にはわかる。現役総武《そうぶ》高生である俺にはな」

「お兄ちゃん様！」「ちゃん様先輩！　俺たちやってみせます！」

実際は隔離です。

箱の中に腐ったミカンがあると、全体に悪影響が出る。腐ったミカンは放り出さないとならない。腐りし目を持つ俺の部屋こそ、ミカン部屋にふさわしいのだ。

「じゃあお前たちの自主性を尊重し、俺は下級受験生たちの方を見てくるから。ここにある本とか参考書とかは好きに利用してくれていいぞ」

「ありしゃす！」「ざいます！」

なんだよその略にもなってねえ挨拶《あいさつ》は。

「あの、お兄ちゃん。この処理は……まさか？」

階段の下で小町《こまち》が待っていた。俺のしたことに気付いたようだ。

「ああ、残念ながらそういうことなんだ。だらけた受験生をリムーブした」

「ええー、それってどうなんだろう？」

「小町、全員を等しく救うことはできないんだ。俺にできることは、やる気のあるやつに影響が出ないようにすることだけだ。どうだ、リビングの方？」

「う、うん。おかげさまで、みんなまたかいわれみたいにシャキッとしたけど」

「そっか。だったらいい。上のふたりは、帰る前に俺から言っておくよ。もうちょっと危機感持った方がいいって」

「うん、そうしてあげて。あのふたり、東大目指してるから」

無理だよ！　学習意欲の観点から、すでにもう無理って目が出てるよ。クラスメイトなら誰か現実を教えてやれよ。むしろ残酷ですらあるぞ。

十二人中、不真面目な二人を間引いて、真面目な受験生だけを残した。これで勉強会の聖性は保たれる。

……はずだった。

×　×　×

「お兄ちゃん、また困ったことになっちゃった」

ちょっとコンビニに出て戻ってくると、困り顔バージョンの小町《こまち》に出迎えられて、得した気分になった。心のスクショを保存してほっこり。いや、そんな場合じゃないな。

「まさかミカン野郎が下りてきたんじゃないだろうな？」

「心の中でそんな風に呼んでいたんだね……そういうわけじゃないんだけど、見てもらったらわかるよ」

俺は廊下側から扉の窓硝子《ガラス》ごしにリビングの様子を確認した。

「……おいおい、またおサボりちゃんが出たのかよ」

俺や小町がいないのをいいことに、ふたりの女子が堂々とスマホをいじっていた。片方はトークアプリ、片方はゲームをやっているようだ。どうしてこいつら、いちいちレイドボスと戦いたがるんだ？　いまだにガラケー持ちの俺にはまったく理解できない。

そのふたりのだらけが周囲に伝わるのもさっきと同じだ。

ひとり、またひとりとスマホを取り出し、お勉強会はおスマホ会になってしまった。

「どこ降下する？　手前で様子見から行くか？」

「今回は漁村でいいんじゃね？」

中には荒野で行動してるやつまでいる始末。

なんというだらけ方だ！　受験生どもにスマホを与えるなっ!!　……いやマジでそう思うぞ。あんな携帯誘惑機なんぞ受験期に持ってしまったら、集中力を養うどころじゃない。水の低きに就くが如し、キッズの快楽に堕落するが如しだ。

「ど、どうしようお兄ちゃん、このままじゃみんな東大に行けなくなっちゃう！」

「全員東大目標なのかよ！　スマホをフリックしてる場合じゃねえだろ！　あいつらの意識、低すぎ……？」

「学校で進路の話が出た時、ノリでクラスの半分以上が東大目指すって気分になっちゃったせいだね」

「すっげえパリピっぽい流れ」

全員暗すぎて信じ切れなかったけど一気に納得したわ。

「で、あのサボってる女子ふたりって、普段どんなやつ?」

「クラスのムードメーカーって感じかな」

「さっきの隔離した男子ふたりは?」

「クラスのムードメーカーだね」

「お前のクラス、ムードメーカーしかいねえのかよ」

どんだけ頭ハッピークラスなんだよ。俺ならとても耐えられそうにない。でも考えてみれば、小町《こまち》だってムードメーカーくらい務めることはできるんだよな。好んでやらないだけで。

やっぱそういう奴らって、傾向として集中力なかったりすんのかね?

「どうしたものやら……」

「仕方ない。次は小町の部屋、借りていいか?」

「え? もしかして……」

「ああ、ミカンは収容所送りだ。小町、ふたりを部屋に誘ってやれよ。理由は馬鹿正直に言わないでいい。君たちは頑張ってるので特進クラスに昇格だ、とか言えばいいから」

「うう、黒いよう……黒いよう……」

小町はうんうん唸《うな》りながら、だらけ元のふたりの女子に声をかけに行った。

これでリビングに残った七名は、再び集中を取り戻せるだろう。

「……ふ、勝ったな。ガハハ」

比企谷《ひきがや》塾の誇る圧倒的隠蔽《いんぺい》力、徹底的隔離力を見るがいい！

×　×　×

「お兄ちゃん様、質問があります！」

例のメガネ女子が俺を呼び止めた。

「おう、いいけど……教科は何？」

「数学です！」

「ん、数学か……」

得意教科ではないどころか苦手の頂点を極めている。数学テストでは一桁《ひとけた》台の常連だ。

でもそれでいい。俺は持てる力の全てを得意教科に振り分けている。ゲームでたとえるなら極振りユニットだ。中途半端にあれこれ伸ばしても器用貧乏にしかならないし、ボス相手に攻撃が通らないって羽目になりかねないからな。

つまり俺は攻略組。人生を攻略する日のために、臆することなく極振りビルドなんだ。

「ということで数学のわかる者、いるか？」

「何がというわけなんですか？」

「いや、君は頭が良さそうだから、質問もハイレベルだろうしな」

「頭良さそう……？」

メガネの子は挙動不審になった。

視線がさまよい、顔は紅潮し、呼吸は荒くなった。もし俺が往来で同じ態度をとったとしたら、すぐに職質を受けてしまうほどの不審さだった。

照れている？　なぜ？

「自慢ではありませんが」メガネの子はこほんと咳払《せきばら》いをした。「小六の時、クラスで一番勉強に真面目に取り組んでいるで賞《しょう》を獲りました」

「自慢以外の何だってんだよ」

でもあったな小学校時代、妙に長い名の賞。名を変え手を変え、クラス全員に賞をやるのが今の風潮だ。でもそういう賞ってもらっても全然嬉しくないもんだけど、人の価値観は様々だな。

「一応確認する。わかんないとこってどこだ？」

「二次方程式がわかりません」

「なにぃ？」

あれ、二次方程式っていつ習うっけ？

中二？　中三だっけか？

どっちにしても中学数学の目玉だよな。けっこう長期間習ってた記憶があるぞ。今何月だよ？　受験？　え？　おかしくないか？

「二次方程式の、どこがわからないって？」

「全体的にぼやっとしてます。そもそも二次って何が二次なのか、調べても不明瞭です」

おいおいおいおい！　大丈夫かこの子！

今になって抱いていい疑問じゃないんじゃないのこれ⁉

「や、それは、二次式の方程式だからなんだけど？」

「二次式っていう言葉はわかるんですけど、言葉だけ上滑りしてて、なかなか把握できなくて……」

「xの二乗が次数2だろ？　これがyだけだと次数1だ。その方程式で扱う最大次数が2のやつを二次方程式って言うんだけど」

実は二次方程式の応用問題あたりからもう怪しいので、これ以上突っ込まれると自信を持って答えられないのだ。

メガネ少女は難しい顔をしている。

「……それ、どういう意味があるんですか？　概念がどうにもわかりません」

意味と来たか。

「意味は……俺にもわからん。二次方程式とか実際どう使うのか、見当もつかん」

わりだぞ。女子の脱いだ場面に突撃して許されるのは、トゥーでラブルな主人公さんだけの特権なのだ。

じゅうぶんに警戒しつつ、中の様子を確かめようとして。

「覗《のぞ》きとは感心しませんなー」

背後からステルス小町《こまち》され、飛び上がらんほどに驚く。

「……お、お前！　大声出しそうになっちまったぞ！」

さすがは俺の妹。ぼっちスキルもぬかりなく習得してるぜ。

「何こそこそしてんの？」

「ミカンたちの様子をチェックしてたんだよ」

「そんなの堂々と入ればいいじゃんない？」

と小町はノックもせずに（自分の部屋なんだし当然の権利か）ドアを開いた。

「ふたりとも、やってるかい？」

「あ、小町ちゃん。ううん、休憩してたとこ」

「小町ちゃんもここで休んでったら？」

幸い、ふたりは脱いでたりはしなかった。しかしスマホを眺めつつチョコをバリバリ貪《むさぼ》っていた。

「もー勉強会なんだからひとりじゃわかんないとこ解消しとかないとあとで大変だよ？」

「うん、やるやる。もうちょっとしたらやる」

「このお菓子おいしーよ。新作！」

八幡《はちまん》知ってる。これ結局やらないパツーン。

「ほどほどにしなきゃだよ。またあとで来るね」

小町の部屋を出る。

「……なんか勉強会って感じじゃなくなってきたな。大勢で小町んちに来て、手分けして遊んでるみたいだ」

「ごめんねお兄ちゃん。変なことになっちゃって」

「いや、変なことになったんじゃなくて、元から変なんだよお前たち」

「いい子たちなんだよ！　パリピで受験うつになってるけど、気のいいやつらなんだよ！　第一印象は良くないけど付き合ってみたらけっこうフランクっていう、花輪《はなわ》君みたいなケウな人材なんだから」

「……確かに最初のうちは、花輪君って嫌味なキザキャラだって思うよな」

だいたいはスネ夫のせい。

「さ、あとは残った七人の面倒みて、それで仕事は完遂だな。お前も入れて八人か」

完遂、と言うにはちょっと引っかかる結果だけどな。だとしても十分頑張ってる。

俺って仕事人間の傾向あるな。こんなに働くの嫌でござるのに、会社員になったら社畜化しちまいそうでおっかねえでござる。

×　×　×

リビングに戻った。

小町《こまち》も入れて八人。過酷な選別を生き残った、東大という狭き門を目指す英邁《えいまい》たちだ。うん、無理。こんな三時間も机に向かってられない状態じゃ、大変なことになる。下手《へた》すれば道を踏み外して底辺なことになる。

せめて残ったこいつらには、第二志望には受かるようにしてやりたい。そう思い、俺は腰を据えてアドバイザーに徹することにする。

理数系はあやふやだが、それ以外だったら楽勝だ。

カリコリ、ココリコリ。

お笑いコンビみたいな筆記音を立て、八人は貪欲に知識を吸収していく。よく集中している。ミカン組を四人も隔離したこその結果だった。

かれこれ一時間ほども、彼らは脇目も振らず私語もなく、勉学に取り組んだ。今まで短時間でだらける様を見て来たので、ずいぶん長い間頑張ってると感じる。

ホトケゴコロも芽生えるというものだ。

「みんな、喉渇かないか？　何か飲むか？」

「あっ、気がついたら喉がカラカラ……」「じゃあ甘い飲み物でもあれば……」「そうだな、甘いの欲しいよな」「脳が乾いてる……」「お願いしますお兄ちゃん様」

「ＯＫＯＫ。そのご期待には応えられるぞ」

甘い飲み物だと？

そんなオーダー来たら、答えは一つじゃねぇか。

たったひとつの冴えた答えは、こんなこともあろうかと……いやぼっちなんでこんなことがあるなんてまったく想定だにしていなかったが……個人的に箱買いしてある。

「あ、甘い……なんじゃこりゃ？」「え、コーヒー？　コーヒー牛乳？」「うっ、き、きついかもこれ……」

そう、ＭＡＸのやつである。俺の家に来て甘いドリンクを所望したなら、こいつが出されることはリンゴが落下することくらいには当然の摂理だ。なんならリンゴが息子の頭に落ちて、そこに矢が刺さるまである。

「慣れるとこれが癖になるし、糖分補給には最適だ。それに総武《そうぶ》高生はみんなこれを飲んでるんだぞ」

「そ、そうなんだ！　耳より情報ですね……」「じゃあ頑張って飲むかあ……」「そう考えるとなんだかおいしく感じられてきたよ」「また飲みたくなってきちゃうな」

フ、また布教してしまった。

この着実な積み重ねが、メーカーから感謝品としてMAXコーヒー一年分が贈呈されるような素敵な奇跡に繋《つな》がるといいのだが。

「さーみんな、糖分も補給したところで、一気に偏差値10くらい上げちゃおう！」

小町《こまち》の号令に、七人は「おー！」と二十センチくらい拳《こぶし》を突き上げた。来た時よりパリピ度回復してるじゃん。やっぱ勉強が順調だと、精神も安定してくるんだな。

再び受験生たちはシャーペンを走らせはじめる。

全てが順調だ。俺の奉仕力もだいぶ増進しているようだな。

ところがどっこい、であった。

「ふう」

そう吐息をもらしてスマホいじりに堕落せし者は、なんとなんと、ケンブリッジとか目指しちゃってる眼鏡《めがね》等だった！　ふえええぇぇぇ!?　さっきの真面目さはどこに消えちゃったんだよぉぉ……。

確かこいつ、クラスで一番委員長っぽいで賞とか取ってなかったか？　違ったかもしれんが、似たようなものだったはずだ。どうしてそんな真面目界の頂点にあるような者が、これっぽっちの勉強でだらけるんだよ！

「ふう」

あと小町。

ちょっちょっ、ちょっちょっちょ。

おいおい小町さんよ、こいつはいったいどういう風の吹き回しなんだい？

「おいおい小町さんよ、こいつはいったいどういう風の吹き回しなんだい？」

思ったことをストレートに伝えられるのが家族のよさだと思う。小町を廊下に呼び出し、一切包まずむきだしの本心を伝えた。

「……うう、左側からなんかふわっとした波動が伝わってきて……それに身を任せたら集中が途切れちゃった。ふしぎ！」

「それがだらけ波動のおそろしさだ。その大波に乗っちまったらもう受験するってレベルじゃねーぞ」

「面目ない……」

「それにしてもなんでお前のクラスって、常に一定数がサボるんだ？　そっちのが不思議だろ」

「うう、わからないけど、ずっと前からそうなんだよね」

小町のクラスメイトに共通する気質だろうか？　いくら腐った受験生を取り除こうが、また別の者がサボりだす。これでは隔離の意味がない。

「どうしてこんなことが起こるんだ？」

「パリピだから、その場のノリに影響されやすいのかもだね」

「ふーむ」

小町《こまち》をあまり問い詰めても仕方ないから口には出さないが、その理屈はおかしい。ノリに従順なクラスだというなら、集中している時に自分だけサボったりしないだろう。イヤでも勉強に取り組むだろう。ノリ重視なら。

なんかここまで来ると、本能的にサボらされているんじゃないかって疑惑すらある。

本能……それで、ピンと来た。

「あ、わかっちまった。ありんこだ」

「へ？」

「お前たちはありんこだったんだよ！」

小町は目を皿のようにした。魚にしたり椎茸にしたり松茸にしたり皿にしたり、忙しいやつである。

×　　×　　×

俺はさっそく、勉強会のチーム編成に変更をかけた。

合計十二人のありんこ受験生どもを、四人ずつ三つのグループにわけたのだ。グループAは俺の部屋、グループBは小町の部屋、グループCはリビングである。

「分散完了したけど、これにどんな意味があるの？」

「それを説明するには、働き蟻の法則について語らねばならん」

「あ、ありんこ？」

「蟻ってのは人間と同じ、社会を作る生き物なんだよ。でも全ての蟻が、社会の中できっちり働いてるわけじゃない。サボってる蟻もいるんだ」

「サボってるのはキリギリスだとばかり思ってたよ」

「おう、キリギリスへの熱い風評被害だな。けどな小町、実際のキリギリスは全然サボってないんだよ。警戒心が強くて、一瞬一瞬を必死に生きてる虫なんだぞ」

「……おおう。お兄ちゃんってけっこう昆虫に詳しいとこあるよね」

「俺がけっこう高くていい昆虫図鑑を所持してることなんてどうでもいい！　そんなことより蟻だ。いいか、蟻の社会で全力で働いてるのはたったの二割と言われてる」

「二割の働き者……」

「その二割はいわば蟻界の社畜だ。そいつらがバリバリと働いて、ほとんどの仕事をこなしてる」

「残りのありんこはどうしてるの？」

「残ったうち、六割は凡人蟻だ。一応働いてはいるが、仕事よりプライベートが大事で、定時できっちり帰るタイプだ。仕事は最低限」

「おおう、話しかけるなオーラ出してる人たちだね……」

俺も万が一企業で働くことになったとしたら、かくありたいもんだ。

「真面目な二割、生産性の乏しい六割、で残りの二割……こいつらはまったく働かない。この傾向がどの蟻集団にも見られるから、働き蟻の法則と言うんだ」

「ありの世界もニートが問題になってるんだ」

「いや、この二割のサボり組が、いざって時には猛然と働きだす。生物学的には一種の保険として機能してるらしい。もし全員で同時に働いて一時はそれで生産性がアップしても、同時に疲れ果てちまうから、かえって社会が弱くなる。二割のサボり組には、それを防止する役割があるんだってよ」

「……はー。よくできてるんだね」

俺はこのことを知った時、感動しちまった。

ぼっちライフにも社会的な正当性があったんだ！　やった成し遂げたぜ！　……なんてな。

冷静に考えると、いざって時には人一倍こき使われるわけで、元は取られてるというか普段は楽でもきつい時は地獄というか、お世辞にもいいご身分ではない。

なのだが、皆がひとつの目標に向けて猛然と働いている時には、俺は関わりたくない。みんながー人のために、一人がみんなのために、みたいな空気は嫌いだ。みんなが一人のせいで、一人がみんなのせいで……だったら俺の知ってる現実そのものなのですごく納得しちゃう。

どっちにしろ、もしそんな事態に陥ったらば、平塚《ひらつか》先生が俺名指しで無理難題を持ってくるはずである。もちろん強制奉仕だ。ブラック部活だ。そこに所属する俺は部畜だ。救えねぇ。

「ねえねえ、もしその二割の優秀な蟻だけを集めたら、すごいことになるんじゃない？　十割全部が有能蟻。大勝利だよ」

小町《こまち》が口にしたのは、よく言われることだった。

だが現実はそんなに甘くはない。

「その場合でもやっぱり二割・六割・二割に収束する。つまりエリート蟻を十割集めても、その中から二割が自動的にだらけるようになる」

「なんとっ」

「集団心理ってのはそういうもんなんだろうな」

「……人類ってやばいね」

「ああ、有史以来人類がやばくないことなんて一度もないからな。世界史の教科書読みゃわかる。ほぼ全ページで血が流れてるからな」

「じゃあみんなが東大に行くのは絶望的なんだね……」

「お前のクラス、ビリギャルならぬビリクラスっぽいからな」

クラスの知的象徴であるところの委員長（かどうかはわからないが）からしてアレだし。

「ただな、小町《こまち》のクラスで働き蟻の法則が発動してるなら、事は個人の問題じゃないってことになる。だったら解決の目はないこともない」

「それがこの班分けなの？」

「そういうこと。でだな、俺はこれから各班を巡回して、あることをしていく。今日はみんな何時まで勉強するんだ？」

「六時までってことにしてあるから、あと四時間くらいだね」

「四時間だな。ＯＫ。作戦が効果を発揮するかどうか、よく見とけよ。うまくいけば学校でも応用可能かもだからな」

「う、うん。じゃみんなが怯《おび》えちゃわないように、お兄ちゃんが各部屋をぐるぐるするって伝えておこうか？」

「いや、むしろ怯えさせるくらいの方がいいから、伝えないでいい」

「……ええ、何するの？」

さてさて、この実験、うまくいきますかどうか。

×　×　×

全てのグループは男女二人ずつ割り振られている。

まずは俺の部屋に向かう。ここではグループAが勉強を……していなかった。

「フゥ！　フゥ！　フゥ！」

「ハイ！　ハイ！　ハイ！　ハイ！」

漫画とラノベ、お菓子とスマホ。そして親の目を気にしないでいられる個室。

中学生が望むだろう最高の堕落環境がここにあった。

だからこのダンス極楽めいた有様も仕方ない……わけねーだろ！

「はいどーもー。講師様が来ましたよー」

ノックもせずに部屋に突入すると、四人は一瞬でスマホを隠して正座した。

しかし漫画やラノベを隠す暇はなく、サボの形跡は誤魔化しようもない。

「あー、いーのいーの。気にしないで。俺もこれから課題やるから、気にしないでいいからな」

「あ、あの……怒らないんですか？」

男子がおずおずと質問した。

「自主勉なんだし怒る筋じゃねえよ。それに、受験生にゃ休憩も大事だからな。自分のペースでやってくれ」

と学習用の机に腰掛ける。そして実際に課題にとりかかる。

ありんこ受験生たちはほっとした顔をしていたが、さすがに俺がバリバリと課題を進めている横で、フゥフゥは続けられないようだった。「じゃあ、そろそろ再開するか」と誰かが言うと、奴らはのろのろと教科書やらノートやらを広げ始めた。

再開じゃねーだろ開始だろ。とは心の中でだけ突っ込むにとどめる。さらに心の中で告げる。

……これからお前たちは受験生じゃなく、受刑者になるんだ。そして三つの監獄で、自分の意思とは関係なく、法則的に勉強を強《し》いられていくんだ。

十分ほどが過ぎた。

俺も含めて五人全員が、まだ熱心にシャーペンを動かしていた。

が、女子のひとりがもぞもぞと身じろぎしはじめていることを、俺の横目センサーは察知していた。もう集中が乱れはじめている。頃合いだ。よし、行くか。

「……ふわ～あ！」

ことさら大声であくびをしてみせる。

四人が同時にびくっとして面白かった。

「あ～あ、かったり、やってらんね～。ちょっと休憩！」

とベッドに身を思い切り投げ出す。

四人が目を見開いて、俺の奇行を凝視していた。

「あー、悪い。その漫画読ましてくれるか」

と適当に一冊を指さす。

「ど、どうぞ……」

女子が漫画を手渡してくれる。

「そのお菓子、オイシソーじゃん。俺にもちょっとくれるか」

許可も得ずに勝手に菓子を口に放り込む。

たいして親しくもないのに繰り出される暴挙の数々に、四人の中学生はまばたきも忘れて停止してしまった。

「あー、だり！　まじでだるっ。やってらんねーよな課題なんて。なあ？」

たまたま目が合った女子に、そう同意を求める。

「い、いえいえいえっ……やった方が……」

ぶんぶんとかぶりを振る。

俺はニヤリと笑ってみせた。できるだけ腐った目で。

女の子は「何このだめな人……」みたいな目で俺を見た。そうだ呆《あき》れろ。ひとつ上の次元にある俺のだらけを目に焼き付けろ。それでこの部屋の怠け蟻の座は俺のものだ。

あまり関わり合いになりたくないのか、四人は顔を見合わせて逃げるように勉強に専念した。こういうのも、現実逃避って言うのか？

ありんこも人も、エリート・普通・駄目は二・六・二にわかれる。だから四人部屋を作り、俺ひとりが意図的にサボれば、駄目枠が俺だけで埋められる。

問題も解決でき、なおかつだらけることもできる。一石二鳥の奇策ってわけだ。

俺はしばらくだらけまくり、十分な軽蔑《けいべつ》を受けた。

次は小町《こまち》の部屋、グループBに顔を出す。

「悪い小町。唐突だけどここで課題やらしてもらうわ」

この部屋には小町とメガネの子が配置されている。

「う、うん。お兄ちゃん、もちろんいいよ。兄が妹の部屋で突然課題をすることは、まったくもって自然な行いだよ。小町の勉強机使ってよ」

打ち合わせはしたが台本は用意していなかったことが裏目に出て、小町のセリフはひどい棒だった。もう明らかにおかしいが、このまま強引に押し通す。

「おう、借りるわ。みんな悪いな。気にせず勉強しててくれ」

小町以外の三人は、突然のことに目を白黒させている。

そしてさっきと同じように、課題に取り組む。待つこと十分。Bグループにはまだ弛緩《しかん》の気配はなかったが、だらけを発動した。

「カーだるいわー、マジだるいわー、やる気ダウンだわー」

小町のベッドに飛び込む。

「もーお兄ちゃんはホンマ駄目人間やでえ」

「小町、この部屋で一番面白い漫画読ませてくれ」

「漫画じゃなくて課題やろうよ」

「いいんだよ課題なんてテキトーで。そんなことより漫画だ！」

適当に本棚から一冊を抜く。

それは漫画ではなく何かの入門書のようだった。


『誰でも一日五分のトレーニングでできる！　しいたけ目の作り方』


こ、こんなの読んでるの？　あれは人為的に作られた輝きだったのかよ。こんなもんがあったら、もう女子の可愛《かわい》さ記号なんて何一つ信じられねーぞ……。内心で引いたが、棚に戻すのもなんなのでだらだら読みはじめる。

……結構面白い。俺にでもできそうな気がする。そうか、涙腺の使い方がポイントなのか……へえ。おっといかんいかん、だらけオーラも出さないとな。

読みながら、全身から駄目人間の気を放つ。俺クラスともなると、駄目っ気を自在にコントロールできるのだ。だめっけ、と読むとなんだか可愛らしい感じだが、当然正反対のニュアンスである。オノマトペで表現するならギトギト、ヌラヌラ、ボサボサである。

「うっ……？」「こ、これは……？」「何？　この気は……？」

さすが影響を受けやすい連中だけのことはある。ちゃんと気を読めるようだ。俺がこの部屋で一番の駄目男だと理解しただろう。

いやこの作戦、効果絶大だわ。見事に決まりすぎてついニヤニヤが止まらない。そんな態度がさらに俺を怪しく演出し、グループの男子ふたりは青ざめていた。

俺はふたりに言ってやる。

「高校受験に失敗したら悲惨だぞ。なにせ俺以下になっちまうからな」

「はわわ」

男子たちは震《ふる》え上がり、俺を反面教師として熱心に勉学に向き直った。

最後にグループC。三度目ともなると慣れたものだ。

ここでも俺は見事に怠けた。だらけ技術は向上しており、入室からだらけまでの時間は五分もあれば十分だった。しかもまったく不自然じゃないのだから、俺には怠けの才能があるに違いなかった。

グループCは俺という脱落者の存在を意識しつつ、俺と同じにならないよう、懸命に学習意欲をかき立てていた。

めでたしめでたしだ。

だがこいつらの忍耐力は短いからな。一巡だけで全部解決とはいかない。

「おう、受験生諸君、また世話になるぞ」

「ま、またっすかーっ!?」

グループA、襲撃。お前の戦う相手はスマホの中じゃなく、ここにいる。俺がレイドボスだ！

あとは六時までこの繰り返しだった。

×　×　×

「小町《こまち》さん、今日はありがとう。なんだかいつもより集中できた気がする」

「……う、ううん。全然だよ。捗《はかど》ったなら良かったけど」

「すごく捗った。これなら志望校に合格できそう」

メガネの子がお辞儀《じぎ》をすると、その他の面々も遅れてぎこちなく頭を下げた。

「ありがとう比企谷《ひきがや》さん！　おかげで東大行けそうな感じ！」「比企谷さんマジサンキューな！」「……お兄ちゃん様も、どうも」「……えっと、まあ、どうもッス」

おいおい比企谷兄妹への感謝の言葉に、露骨な温度差が見て取れるぞ。もうちょっと隠そうぜ、本心。

ま、連中に俺は非常勤ならぬ非常識講師として認識されただろうから、当然の反応ではあるが。

「お前ら、今後勉強会は四人以上ではするなよ」

「え？　なんで四人？」「……さあ？」

　首を傾《かし》げながら中学生たちは帰っていった。

「これで依頼は達成だな」

「うーん、達成っちゃ達成だけど、どうなのかなー、こういうの。お兄ちゃんのこと、変な人って思ったよみんな」

「もう会うこともない連中だろうしな、別に構わねぇよ。それにあいつらに集中させるには、こんくらいしかなかったと思うぞ」

「そうなんだよね。解決してくれたことは、うん、まあ、助かったけど。でもクラスのみんなに誤解されちゃったのは、ちょっと残念かなー」

「こんなもんだろ。全部完璧《かんぺき》ってわけにゃいかないって。だいたいお前は妹様なんだぞ？　ここは素直にありがたがっとけ。それだけで、だいぶ違うもんだ」

「だいぶ……何が違うの？」

　俺は答えなかった。言葉にするのはちょっと無粋だったから。

　でも本当に違うのだ。奉仕部でやっているようなこととは、本当に。俺はこのことを自分を犠牲にしたなんて少しも感じていない。あの中学生たちにも悪い印象はまったくない。むしろ同情すらしている。あいつら、絶対に第一志望落ちるから……。

　どうして違うんだろうか？

それはきっと、たぶん、小町《こまち》が俺にとって嘘《うそ》偽り無く身内であるからだと思う。

確かにこんなこと、口には出せないな。兄貴の沽券《こけん》にかかわる。

だけど小町は察したようだった。

「ありがとう、お兄ちゃん」

「……おう」

ほら、やっぱこれだけで十分だった。

「ありがとうなんだけど……小町的にはポイント横ばいかな」

「……オチをつけるな」

裏表のない笑顔で、小町は無邪気に笑った。

平塚静と比企谷八幡の、ある休日の過ごし方

天津向

挿絵：うかみ

俺、比企谷八幡《ひきがやはちまん》が目を覚ましたのは、十三時半を過ぎた昼下がりだった。

なぜこんな時間まで寝ていたのか、考える。

そうか。昨日スマホで何てことないゲームをダウンロードしてみたら、案外ハマってしまい、明日も休みならやれるところまでやってやろう、ということで朝方まで熱中してしまっていたのだ。それにしてもせっかくの休日に昼過ぎに起きた時のこの倦怠《けんたい》感ったらすごい。一日を無駄にした感じに苛《さいな》まれる。

……が、そんなことは日常茶飯事だと開き直る。むしろ先週なんか夕方に起きて一日を無駄にしたのだ。そのことを考えると、むしろ今日は早起きじゃないか。やった。ということは三文の得じゃん。こんなにたっぷりと寝れて三文得したなら最高だ。

そういえば三文って今のお金でいうといくらなんだ？　俺はスマホで『三文　今の価値』で検索をしてみる。えーと……ふむふむ、時代によって価値が違うものの、おおよそ百円くらい……。いいじゃん。百円もらえたってことでしょ？　これはラッキーだ。その儲《もう》かった百円というものがどこにあるか、が問題だが。

そんなことを考えているとお腹の音が鳴る。よし、百円を探す前にお腹を満たそう。俺はリビングに向かう。

「おーい、小町《こまち》。朝ご飯あるかー？」

朝ご飯、という言葉ではないか、と思いながら声をかけるが、リビングには全く人の気配がない。うん？　いつもならダラダラとテレビを見ている小町はどこに行ったんだ。そこで俺は昨日の小町のリビングでのセリフを思い出す。

『明日学校の友達と遊びに行くから、ご飯は適当に食べてね！　どうせお兄ちゃんは朝方まで夜更かししてお昼過ぎに起きて、それでも夕方まで寝てないからラッキー！　とか言うんだから』

うーわ、エスパーかよあいつ。というか俺が同じ行動しか出来ないｂｏｔみたいになっているのか。どっちでも嫌だな。

どっちが嫌かな、なんて考えていたが、そんなことよりも今はお腹が鳴っていることをどう解決するかだ。どうしたものか。うーん。冷蔵庫を開けても、その場で簡単に食べられるものがない。自炊なんて、とてもじゃないが一人の時にやりたいと思わない。まあ小町が何か「これ食べたいー！」と言うなら作ってあげたいと思うんだが……。

さて、どうするかなあ、と思っていると、食卓の方に置き手紙があることに気付き、それを手に取る。

『手紙！　どうせお兄ちゃんは自炊するのは面倒くさいし、まあ小町《こまち》がいたなら作ってあげたけどな、とか思っているんだろうから、これでランチ食べておいてってお母さんから預かっていたお金置いておくから！　無駄遣いに注意ね！』

なるほど。どうやら俺がｂｏｔということではなく、小町がエスパーだということが確定したな。こうなるともはやエスパー小町であり、親の絵のモデルをしていてもおかしくないレベルだ。

そんなことを思いながらも俺はその置き手紙の横に置いてあった千円札を手にする。うん、とりあえずランチを九百円以内におさめることが出来れば本当に三文の得になりそうだ。

ということで、俺は服を着替えて、外に向かう。どこに行こうか悩んだものの、駅前に新しく出来たラーメン屋に向かうことにした。家の近くの定食屋などでも良かったのだが、それよりり『休日は新店を開拓しちゃってたんだよね』という自分の中でリア充感ある日にしたいというのがあった。ちなみにそれを誰かに言うという予定は、ない。

まあ、その考えだけではなく、何回でも言うが千葉はラーメン激戦地だ。つまりラーメン屋をこの千葉で開店させるということは、美味《おい》しい店がたくさんあるところに飛び込んでいくという『修羅《しゅら》の道』に進むということなのである。その覚悟を俺は味わいに行かないといけないのだ。ちなみにこれも誰に言われたから、とかではない。

駅までは徒歩十分くらいだろうか。俺はぶらぶらと歩きながら、駅前に向かう。

信号で止まった時にスマホを触って、昨日のアプリをやってみる。うーん、これ何が楽しかったんだろう。ただただ出てくる野菜を包丁で切るというゲーム。深夜テンションになっていたのだろうか。ほら、こうやって落ちてくる大根、ニンジンあたりは切りやすいが、うん、ちょっと待てよ、これはレタス、そしていんげん？　いんげんは小さすぎて難しいから狙《ねら》いを定めて……いけーっ！

……切れなかった。ゲームオーバー。よし、ここで引き下がるわけにはいかない。俺はコンティニューのボタンを押そうとした。

その時。

「おい、少年。何をしているんだ、そんなところで」

顔を上げると、路肩に停めてある車から知っている顔がサングラスをしたまま、窓からこちらに手を振っている。

その人物は平塚静《ひらつかしずか》。うちの高校の国語教師であり、生活指導も担当しながら俺を奉仕部に入れた張本人である。

「信号はとっくに青になっていたぞ」

見上げると、もう信号は点滅していて、あっ、と思った瞬間には赤に変わった。

「平塚先生。俺が何をしていたかというと、野菜を切っていました」

「比企谷《ひきがや》が言うと、妙な妄想のように聞こえるな……」

「そういう平塚《ひらつか》先生こそ何をしているんですか」

「ああ、私はラーメンを食べに行こうと思ってな」

「えっ?」

俺は驚くと、平塚先生は、少しきょとんとした。

「どうした? ラーメンを食べなそうには見えないだろう」

「いや、僕もラーメン食べに行こうと思っていて偶然だなと思っただけです」

「比企谷も? そうなのか……。よし」

平塚先生はそう言うと、サングラスを外し、親指を立てて車内を指差す。

「とりあえず乗って」

「えっ?」

「ラーメンを食べに行くという目的は同じなんだ。ここで出会ったのも何かの縁だし、一緒に行こう」

「え? で、でもそれは」

俺はいろいろ考えたが、おそらく面倒くさいことの方が多いと判断してこの誘いを断ろうとした。そういえば国語の宿題も出ていたのを思い出す。たまの休日を先生にあれこれねちねち言われるのは耐えられない。

「いやー、ちょっと今回は、まあこうやっていろいろ生徒と先生が一緒に行動するというのもあれかなと思うので遠慮しようかなと」

「おごるぞ」

「乗せてもらいます」

俺はねちねち言われるより、このポケットに入っている千円、つまり三十文を得する選択肢を取った。


車の中は人を乗せる予定でなかったからか、後部座席には段ボールなどが置いてあり、とてもじゃないが女性の車とは思えない仕上がりだった。

「この車を見るだけで、先生の男性遍歴の無さがうかがえます」

「比企谷、とんでもないことを言ってのけるな。学校での君の評価をいろいろ吹聴してもいいんだぞ」

淡々としたトーンで、なんて横暴なコメントをするんだこの人は。これはシンプルなハラスメントだろ。

「で、比企谷は、どのラーメン屋に行こうとしていたんだ」

「あ、駅前に出来ていた新店なんですが」

「あー、あそこか。なるほど。なるほど。なるほどね」

何回も自分に言い聞かせるようにしている平塚《ひらつか》先生。

「どうしましたか」

「比企谷《ひきがや》。君はラーメンの神に愛されているのかもしれないぞ」

「え？　ラーメンの神？」

俺は怪訝《けげん》な顔で運転している先生を見る。

「ああ。あそこで私と出会ったということは、そういうことなのだろうな」

そう言い終わると、平塚先生は急にハンドルを切って交差点でUターンをする。そして俺が行こうとしていたラーメン屋の方に向かう。

「あの、先生、さっきの話というのは」

「まあ、着いてから話をしよう」

俺はどういうことか分からぬまま、まっすぐ前を見ていた。

五分くらい車を走らせると、駅前に着いた。平塚先生は車に乗ったまま店が見える位置に停車する。

「この時間ならギリギリお昼の営業時間だ。見えるか？」

俺が行こうとしていた店を見る。看板には店主の顔と、お店の師匠らしき人物との2ショット写真がでかでかと出してある。

「看板がすごいですね」

「そこもそうだが、あれだよ。ほら、見えないか？」

そう言いながら俺がいる助手席の窓を開けてシートベルトを外し、身体《からだ》を乗り出しながら外を覗《のぞ》き込む平塚先生。いや、ちょっと近すぎます。顔の前に胸が来ていて、さすがの近さに俺でもドギマギするんですけど。

「ほら見てみろ」

どこを見ろと言われてるのか分からなくて、少し顔が熱くなるが、すぐにラーメン屋ということに気付き、そちらに目をやる。すると看板に写っている店主本人がタバコを吸いながら立っていた。

「ランチのピークを過ぎたこの時間とはいえ、場所は駅前だ。それなのに店主が外にいるということは」

「……お客さんがいない、ということですか」

「ああ、もしくは」

そう言った瞬間に、中からお客さんが一人出てくる。そのお客さんにも別に会釈《えしゃく》することなく、店主は、ただただ黙々と煙草《たばこ》を吸いながらスマホを触っている。

「自分じゃない人間にラーメンを作らせているか、のどちらかだ。どうやら後者の方だったみたいだな」

「でも、ラーメンを作り終えたから外に出たんじゃ」

「それでもお客さんが食べ終わるところを見たいと思っていないラーメン屋の店主なんて、一流なわけがない。現に出てきたお客さんにも何も挨拶《あいさつ》していなかったろう」

確かに平塚《ひらつか》先生の言う通りだ。俺も何か自分が提供したもの、たとえば小町《こまち》に言われて作った何かは、絶対に小町が食べるところは見たいし、食べ終わる様まで見ておきたいというのが常ではあると思う。

「看板に自分と師匠の写真を載せるあたりも、どこか他人のふんどしでラーメンの出汁《だし》を取っているように思えるしな」

相撲《すもう》じゃなくてラーメンの出汁とは上手いこと言うなこの人。そう思っていると平塚先生は運転席に身体《からだ》を戻し、ふう、と息を吐く。その顔は何か悲しそうに見えた。

「私はあまり食べ物の点数をつけるアプリは信じたくないんだがな。そのアプリでもこの店の点数は軒並み低い。よくある味だけど、そう思わせない傲慢《ごうまん》な店主の態度が気に食わない。なんて書かれている」

「そうなんですね」

平塚先生がそこまでラーメンに熱いとは思わなかった。

いや、前に一緒にラーメンを食べに行った時、感じていたのだが、再認識する。

「つまり、私は比企谷《ひきがや》をこのラーメン屋に連れていきたくないんだ。どうかな」

「どうかなと言われても……まあそう言われると確かに行きたくなくなってはいます」

「そうだろうそうだろう」

嬉しそうに頷《うなず》いている平塚先生だったが、俺はそんな先生に、少しばかりいたずらを仕掛けたくなる。

「ただ、なんか少し幻滅しました」

「幻滅?」

眉《まゆ》をぴくっと動かし、平塚先生がこちらを睨《にら》む。

「平塚先生のお気持ち、プレゼンは痛いほど伝わってきました。だけど、国語教師でありながら、データと百聞のみでお店の評価をされているのが、なんか平塚先生っぽくないなと思ってしまって」

俺の言葉を聞いて、平塚先生は、睨むのをやめて、視線をフロントガラス前方に向ける。

「自分の体験で得た感想を言葉にするのが、国語教師とでもいうのか」

「少なくとも、そういう側面はあるのかなと思いますが」

「本当に比企谷は……。百聞は一食にしかず、なら君はこれを一見しろ」

平塚先生は、肩にかけていたカバンから財布《さいふ》を取り出したと思うと、一つのカードを出してきた。

それは、目の前のラーメン屋の名前が書いてあり、２つスタンプが押してあるスタンプカードだった。

「え？　これは」

「スタンプカードを持っているということは、そういうことだな」

「先生、あの店、行ったことあったんですか？」

「君には、データで示した方が届くと思ったからこの形のプレゼンになったが、もっとはっきり言っていいなら言うさ」

平塚《ひらつか》先生は顔を近づける。

「あそこは不味いぞ」

「……了解です」

「よし、じゃあ車出すから」

車は少しバックしたと思うと、ハンドルを切り返してそのまま進んでいった。

車はそのまま、平塚先生が今日食べたいというお店に向かうことになった。

「先生は本当にラーメン好きなんですね」

「前もそんな会話をしたな」

そうだ。確かあの時は……。

「先生が従妹《いとこ》の結婚式かなにかで」

「ああ、そうだったそうだった。確か結婚式で親からの圧がすごくて逃げ場を探している時に比企谷《ひきがや》に会って、だったな。そうか……。あれからけっこう日も経ったな」

　急に遠い目になる平塚先生。なんだこの目は。どういう感情なんだ。

「あの後、すぐに従妹に子供が出来て、ちょっと前に二人目も妊娠してだな」

「そうなんですか。おめでとうございます」

　俺のコメントを聞くと、より遠い目になる平塚先生。

「こないだ親戚の法事に行った時も親戚一同がやれ従妹の子供が可愛《かわい》い、やれ静《しずか》ちゃんは結婚しないのか、なんて言われてな」

　うわあ……。そんな状態になったことはないけど、おそらく針のむしろ状態だろう。俺もいつか学校を卒業してニートになったら親戚の集まりには絶対行かないようにしないと。そもそも、集まりにほとんど行っていないけど。

「その日以降、連絡先でも交換したのか、親からＬＩＮＥでばんばんその従妹の赤ちゃんの写真が届くんだ。メッセージもなく」

「メッセージもなく？」

　それが一番のメッセージだ……。と思ったが口をつぐんだ。

「この私が出来る最大の抗《あらが》いは、これらの写真に対して既読スルーをするくらいだ」

　平塚先生。そんな遠い目をすると絶対に危ないから、一旦やめよう。もう目の前の車が見えてない可能性がある遠い目だから。

俺はなんとか話を変えようとする。

「そうだ！　あの時の約束がこういう形で叶《かな》うんですね」

「約束？　……ああ、私のおすすめのラーメンを食べに行こうというやつだな。覚えているよ。まあ今回はそれとは別の、なんというかスピンオフみたいなものだ」

「そうなんですか？」

「そりゃそうだよ。もう比企谷《ひきがや》が卒業してから食べに行こうと思っているラーメン計画はだいぶ進んでしまっているからな。今日みたいなイレギュラーな形では計画がパーだ」

計画？　そんな大仰なプロジェクトになっているのか？　確かに軽く平塚《ひらつか》先生にラーメンのことを聞いたら十倍、いや百倍で返ってくるくらい、ラーメン大好き平塚さん、だったわけだが。

「もう店も四十店舗まで絞っていってるからな」

「絞ってその数？　まだまだじゃないですか！」

「バカ言え。二〇一八年の千葉県のラーメン屋総店舗が千二百九十八軒と言われているんだ。そこから四十まで絞ったんだ」

「いや、とはいえ」

「まあまあ。とりあえず卒業後を楽しみにしていたまえ」

嬉しそうに笑う平塚先生に恐怖を覚える。きっと先生が綺麗《きれい》なルックスの割にモテないのはこのあたりに何かヒントがあるのではないだろうか。

「とはいえ今日はさっき言った通り、偶然出会った外伝のようなものだ。私も行きたいと思っていたラーメン屋に行くだけだから、そんなに肩に力を入れなくていいぞ」

「そうですよね。それなら良かった」

俺は胸を撫《な》でおろして、外の風景を見る。


「さあ、あそこだ」

平塚先生が駐車場に車を停めて、少し歩くとラーメン屋が現れた。

「えっ……。先生、あそこって」

「そう。有名な、あのお店だ」

そのお店の第一印象はとにかく赤色だった。壁から看板からとにかく赤一色。看板は金色も使われていて、派手すぎて気後れするレベルだった。

看板に書いてある文字。

『辛旨ラーメン日本一　蒙古《もうこ》タンメン中本《なかもと》　船橋《ふなばし》店』

「ここ、中本じゃないですか！」

「やはり比企谷なら知っていると思ったんだ」

「そりゃ知っていますよ。テレビにもバンバン出ている辛いラーメンですよね」

そういえば最近千葉に出店したというのは聞いたことがあったのだが、まさか船橋《ふなばし》に出来ていたなんて。

「私もまだ来たことがなくてな。今日来てみようと思っていたんだ」

「そうなんですか。でも大丈夫なんですか、辛いのは」

そう聞くと、平塚《ひらつか》先生はふふ、と笑った。

「まあ、そこまで辛いわけじゃないだろう。大丈夫だ」

「そうですよね」

とは答えるものの、テレビに出るということは、よっぽどのソリッドな辛さじゃないとダメなのではないか。俺は少し不安になる。

「まあとりあえず並ぼう」

俺は先生の後をついていく。長蛇、とは言わないものの、少し列ができていたので、その最後尾に移動する。

「しかしすごいな、この行列」

「いやいや平塚先生、これくらいの行列は別にそんな大したことじゃなくないですか」

「バカ言え比企谷《ひきがや》。時間は今何時だ」

そう言われて時計を見ると時刻は十四時半を過ぎていた。

「ラーメン屋における午後二時から午後五時まではお客さんが来ない『アイドルタイム』と呼

ばれている。その時間帯はラーメン屋によっては店を閉めることが多い」

確かにその三時間、店を閉めているラーメン屋が多いというイメージはある。

「それなのにこのアイドルタイムに行列が出来ている。これは安心出来るということだ」

「そういうことですか。なるほど。それは納得したんですが……平塚先生、これはどうなんですか」

俺は、おそらく店主であろう渋いオジさんが、赤い道着を着て人差し指を立てている写真が店の壁に貼ってあるのを指差す。

「さっきあの駅前のお店で、看板に自分の写真を載せるのはちょっと、と言っていませんでしたか」

「ああ、なるほどな。でもこれは白根《しらね》社長といって、この蒙古《もうこ》タンメン中本《なかもと》の二代目なんだよ確か。だからいいだろう」

……いや、その理由は全く意味が分からないぞ？　それでいいのか？　ちょっとこの店に対して贔屓《ひいき》をしていないか？

なんてことを考えていると、列は思ったよりも早く進んでいって、すぐに店内に入ることが出来た。

「「いらっしゃいませー！！！」」

店員さんも気合いの入った挨拶《あいさつ》をしてくれる。俺みたいな陰キャが一人で来ていたら、おそらく入り口で踵《きびす》を返していただろうな、と思う気合いの入った挨拶《あいさつ》っぷりだった。

店内は白が基調となっていて、カウンターがコの字になっている。大きめのガラスがあるために店内に光量もありとても明るく感じる。キョロキョロとしていると、平塚《ひらつか》先生が食券機の前に立っていた。

「どれにされるんですか?」

「いや、正直悩んでいるんだが……どうやらこの北極というのが名物らしいからな」

そう言われて食券のボタンを見ると、辛さが書いてある。そこには『北極ラーメン　辛さ9』と書いてある。

「先生、辛さ9って書いてありますけど大丈夫ですか?」

「大丈夫だよ。マックスは辛さ10だ。そう考えるとまだ大丈夫だろう」

「そういうものなんですか」

「ラーメン屋に入ればラーメン屋の気持ちを汲《く》み取り、流されるのが真のラーメン食いなり。……あのラーメン美食家で有名な『面田《めんた》 辺留蔵《べるぞう》』さんも言っていただろ」

「知りませんよそんな人とそんな名言!　誰ですかその『めんた べるぞう』さんというふざけたとしか思えない名前は!」

「まあ、とりあえず私は北極にするよ。君はどうするんだ」

「僕は『めんた べるぞう』さんの言葉が心に届いていないから……この辛さ5の蒙古《もうこ》タンメ

ンにします」

その選択を聞いて肩を落とす平塚先生。

「本当に君は臆病《おくびよう》な選択を……だからいつまで経っても君は選べないんだよ」

「選べない？」

「……なんでもない。こっちの話だよ」

そう言って先生は食券のボタンを押して俺に渡す。俺はどうすればいいか分からないので不審者のようにしていると店員さんと目が合う。

「こちらどうぞ」

店員さんは親切に案内してくれた。カウンターに俺と平塚先生が並ぶ。店員さんが目の前に来たので俺と先生は、食券を店員さんに渡す。

「すみません、北極『めんはん』で」

「了解です」

「あとＬＩＮＥの『たますら』お願いします」

「了解です！」

笑顔で接客してくれた粋の良い店員さんが厨房に戻る。

「さて、あとは待つだけだな」

「いや常連感がすごすぎましたけど、先生！」

俺は、あまりにもスムーズにここでしか聞かない単語を言ってのけていた平塚《ひらつか》先生に驚愕《きょうがく》する。

「本当にこの店初めてですか？」

「当然初めてだけど」

「じゃあ、なんであんなやり取りが出来たんですか？」

「初めて来るお店なら予習が大事だろう」

胸を張って答える先生。

「予習ですか」

「そうだ。中本《なかもと》に行くにあたってサイトでいろいろ調べた結果『めんはん』というのは麺《めん》が半分、ＬＩＮＥの『たますら』というのは、ＬＩＮＥでの中本の公式をフォローしているところを見せればサービスのスライスされたゆで卵がついてくる、ということらしい」

なるほど。そういうことか。店を予習というのは考えたことがなかった。しかし、そう言われると、予習さえしていれば、それくらいの情報を先生がさらさらと答えられたのもおかしくないかもしれない。

俺は店内をキョロキョロと見渡す。テレビに社長が出た時の写真が貼ってあったり、芸能人のサインもたくさん飾ってある。それだけ注目されていてメディア展開もされているラーメン屋ということなのだろう。

しかし俺は期待値も上がる一方、ただ使いやすいから、という理由でテレビに出ていたら嫌だな、という気持ちもあった。そもそも一軒目の店主と一緒で、誰かに任せてしまっている時点でどうも違うのでは？　という気持ちは拭《ぬぐ》えなかった。

「……奉仕部は上手いことやれてるのかい」

いきなり聞かれて、俺は目線を先生に戻す。先生はテーブルにあった水差しからコップに水を入れてくれていた。

「まあ、どうなんでしょう。上手くいっていないと思います」

「なぜ？」

「上手くいっていたら、もうちょっと居心地悪いだろうし」

俺がそう言うと、平塚先生は、ふふ、と大人びた微笑《ほほえ》みをした。

「上手くいかないのが青春だよ、君」

嬉しそうな表情で俺の頭を左手でぐしゃぐしゃする。なぜテンションが上がったのか分からない。喜んでもらっているならありがたいのだが、上手くいかないのが青春なら俺は一秒でも早くその青春ステージを抜けて、ニートステージで上手くやっていきたいです。かじれるだけスネをかじります。

「まずはこちら、蒙古《もうこ》タンメンになります」

そんなことを言っていると店員さんが丼を持って目の前に立っていた。あれ、だいぶ俺の想像より早くラーメンが提供されるんだな。

俺は、そう思いながら目の前に置かれた蒙古《もうこ》タンメンを見て唖然《あぜん》とする。

「店員さん、これ間違えてませんか？　僕が頼んだのは蒙古タンメンで、北極は横の女性の頼んだメニューです」

「あ、違いますよ。それが蒙古タンメンになります」

笑顔で答えてくれた店員さんだったが、俺は息を呑《の》む。俺が勘違いするくらい、蒙古タンメンというものは赤く、辛そうだったからだ。

見える場所には朱色の麻婆豆腐が山盛りのっていて、かろうじて麻婆豆腐のすき間からキャベツなどの野菜が見えている。

「これはけっこう辛そうだけど……それよりも、なんて美味《おい》しそうなんだ」

俺は色の赤さを、美味しそうな匂いが凌駕《りようが》する瞬間を感じた。その丼から香り立つ匂いが味噌《みそ》の風味と野菜の甘味を感じさせてくれて、早く箸《はし》を入れたいと思わせる。

「お待たせしました、北極麺半《めんはん》、ＬＩＮＥの玉スラになります」

そう思っていると平塚《ひらつか》先生のラーメンがカウンターに置かれる。それを見て俺はさっきの自分の発言を悔いる。

何を言っていたんだ、俺は。そうだ。これこそが北極なのだ、と。

先生の目の前に来たものは、真っ赤なスープの上に、もやしがのっているのだが、そのもやしの白と、スープの赤のコントラストが非常に綺麗《きれい》に感じるし、よりスープを赤く感じさせているると思った。

「おー、これは赤い。美味しそうだな」

来たラーメンを見て、妙にテンション上がっている平塚先生。

「これ、先生いけます？　なかなか辛いと思いますよこの赤さ」

俺はおっかなびっくり聞いてみる。

「まあ、食べてみるしかないでしょ」

平塚先生はそう言うやいなや席を外したと思うと、食券機横から紙エプロン二つを取って来てくれた。

「ありがとうございます」

「さ、食べるか」

二人同時に目の前のラーメンに向かって手を合わせる。

俺はまずスープをレンゲですくう。スープと麻婆豆腐が混じったものを口に入れた時に、頭の中を一つの感情が染める。

「美味しいっ！」

辛いものというイメージだけあったから不安だったのが、一瞬で吹き飛んだ。それくらい口にしたスープにはコクがあったし、一緒に食べた麻婆豆腐も確かに辛いのだが、その中に隠されることなく存在する旨味が、この丼の中を支配している。

次に野菜を口にする。その野菜も、スープでクタクタまで煮込んでいるから柔らかくなっていて、スープに非常に合っているものになっている。昨日朝までやっていた野菜を切るアプリのおかげで妙に野菜に愛情をもっているのも美味《おい》しさを手伝っているのかもしれない、と思ったが、すぐに関係ないと気付く。

そして最後に麺《めん》。

この食べ物は辛い麻婆豆腐がかかった野菜スープ、ではない。そこに存在する主役、麺がどれだけ他の食材に負けないか。それが重要なのだ。『麺以外は美味しかった』という悲しい結果にだけはなりたくない。

俺はおそるおそる箸《はし》で麺を取り、口に入れる。そしてゆっくりと咀嚼《そしゃく》する。

これは……。

美味しすぎる。

中太麺の嚙《か》み心地が素晴らしく、そして嚙み切った瞬間に、口の中を小麦の風味が広がり、支配する。スープに合っていて、野菜にも寄り添えて、それでいて麻婆豆腐にも負けてない個性。こんなに隙の無い麺だとは思わなかったぞ。

「先生、なんですかこれ。むちゃくちゃ美味しいんですけど」

「そうだな。中本《なかもと》さんは辛さがピックアップされがちだが、ちゃんとラーメンとして美味しいというところがここまでの人気に繋《つな》がっているんだ」

そう言い終わると、豪快に麺をすする平塚《ひらつか》先生。俺はその姿をちらりと見る。すする麺が赤く染まっていて、その麺を迷うことなく口に入れていく様。おでこにしっとりと汗をかきながらも、髪を耳にかけて食べる横顔は妙にいやらしく感じて、辛さとは別でこちらの顔が赤くなる。

「ん？　どうした？」

平塚先生は俺の目線が気になったのか、ナプキンで口を拭《ふ》きながらこちらを見る。

「あ、いえいえ。なんでもないですよ」

そして俺はごまかすように目の前の蒙古《もうこ》タンメンを口にほおばる。

そして半分くらい食べた時に、徐々に辛さが積まれていく感じがするのが分かる。麻婆自体がスープに溶けていき、自然と味変しているのだ。旨かったラーメンが、今度は辛旨というジャンルに変わっていっているのだ。

俺はじっとりと汗をかきながらも、その美味しさに夢中になりながら、一心不乱に麺をすすっていく。

「ごちそうさま」

気付けば平塚先生はもう北極を完食していた。俺も九割くらい食べていたので、急いで食べてごちそうさまでした、と手を合わす。

「美味《おい》しかったな」

「蒙古《もうこ》タンメンでもだいぶ辛かったのにすごいですね……。ちょっとスープ一口もらっていいですか？」

「いいぞ」

俺はレンゲに北極のスープを入れて口にする。さすがに蒙古タンメンを食べた後なら、辛さにも慣れたし大丈夫だろう。ほら、案外いけるじゃん……。

そう思ったのも束の間、一瞬で口の中が辛さで染まっていく。

「か、か、辛いっ！」

「大げさだな、比企谷《ひきがや》は。そこまでではなかったろう」

「い、いや！　辛いですって！」

俺は急いで水を飲み干す。しかし飲み終わった後にさっきをも超える辛さが第二陣として襲ってくる。

「！“＃＄％＆’＆＄％！！！」

「あ、言い忘れていたけど、辛いものを食べている時に水を飲むと、もっと辛さを感じるようになるから気をつけないとだぞ」

「言うのが遅い！」

俺はとりあえず一瞬で顔に汗をかいて、そのまま店を先に出た。

高速は空いていて、スピードは上がっていく。

「そういえば前お願いした漫才は上手くいったのか」

「あれですか。あれは本当大変でしたよ」

こないだ何故《なぜ》か奉仕部のところに来た『市がやっている地域の子供を集めたお楽しみ会でお笑いライブをやって欲しい』という依頼。そのせいで俺と雪ノ下《ゆきのした》で漫才をしなければならないことになったのだ。

「ウケたのか？」

「ええ、むちゃくちゃウケました。これは恐ろしいくらいにウケましたね。もうかつてないくらいの大爆笑でした」

「そこまで言うと逆に嘘《うそ》くさくなるが、まあウケたのなら、いいだろう」

ウケたのは確かにウケた。なので嘘はついていない。その笑いを取った方法が平塚《ひらつか》先生からしたら納得いかないものかもしれないのだけど。

「あんな無茶ブリはもう勘弁ですよ」

「いやいや、君たち奉仕部に無茶ブリがあるのは当たり前だ」

先生は向かいから入ってくる太陽光が気になったのか、サングラスをかけなおす。

「無茶こそが青春だ。それが出来るのが若さだよ」

「大人って青春に対して妙に期待していますよね。そんなものは青春に存在しませんよ。青春は春のように色づけない、青い果実ばかりです」

俺の持論を聞いて、平塚先生は冷たい目を向ける。

「比企谷《ひきがや》の言い回しは本当に腹が立つというか……腹が立つというか……腹が立つというか」

「腹が立ってばかりじゃないですか」

「まあいい。よしもうすぐ着くぞ」

高速を降りてから少し走り、駐車場に車を停める。

「よし、こっちだぞ比企谷」

俺は平塚先生に言われるままに一緒に五分ほど歩く。そして目的地に着いたのか、先生はこちらを振り向く。

「着いたぞ」

「……ちょっと待ってください先生。先生がもう一軒来たいと言ったのはもしかして」

「ああ、ここだ」

俺の目の前にあるお店は、デジャブのようにさっき見た景色に似ていた。

その看板に書いてある文字を見る。

『辛旨ラーメン日本一　蒙古《もうこ》タンメン中本《なかもと》　錦糸町《きんしちょう》店』

「また中本じゃん！」

俺は盛大にツッコんだ。しかし先生はそんなツッコミを知ったことかと涼しい顔をしている。

「いや、さっき食べましたよね、中本《なかもと》！」

「比企谷《ひきがや》。確かに食べたな、船橋《ふなばし》の中本さんを」

「えっ？　どういうことですか？」

「だがまだ錦糸町《きんしちょう》の中本さんは食べてないだろう」

言ってることがよく分からないのは、俺が今冷静じゃないからだろうか。

「いやいや、平塚《ひらつか》先生。チェーン店なんだからどこで食べても一緒じゃないですか」

「え？　何て言った比企谷」

「いやだから、中本はチェーン店でしょ、だから」

「中本さんがチェーン店？」

さっきまで涼しい顔をしていた平塚先生が、その表情に怒りを表わす。

「どうしました先生？」

「あのね。中本さんはね、ちゃんと店員さんが鍋を振って野菜を炒めているんだ。だからどのお店でも、同じ味を提供しながらも、若干味は変化する。その変化が楽しいのが中本さんなのだから、決してチェーン店だとは言わないで欲しい」

「え？　いや、でもそれは」

「謝って」

「……先生、あの」

「謝って」

「……えっと」

「謝って」

「……すみませんでした」

そう言うと、平塚先生はにこりとして店の入り口に向かう。

「よし、では行こう。それに比企谷は知らないかもしれないが、それぞれの中本さんのお店にしかない『限定』というメニューがあるからそれを楽しむというのもお店巡りの良さだ」

「限定、ですか」

食券機を見ると、確かにさっきの船橋《ふなばし》店とは配置なども違う。俺は店内を見渡すと、船橋店になかったメニューを見つける。

「これ限定ですか？　この北極の火山というやつ」

「ご名答」

そう答えながら、平塚先生は食券機で北極の火山のボタンを押していた。

「これを食べに来たんですか？」

「そうだ。比企谷も食べるか？」

「いや、僕けっこうお腹いっぱいなんで大丈夫です。これ以上辛いもの食べるのも今は限界かなと思っているので」

そう言う俺を、平塚《ひらつか》先生は本当に情けないものを見る目で見下ろしている。

「男の子だろ。もう少しくらい食べられるだろ」

「先生はさっきの船橋《ふなばし》店で麺《めん》を半分にしていたからでしょ！　俺はそのまま食べたんだから仕方ないです」

店内でこそこそと揉《も》める二人。

「さっき車内で言ったろ？　青春は無茶ブリだって」

「だからと言って食べられないものは食べられませんよ！」

「だから初心者は……了解。ならこれだ」

先生は食券機のボタンを押して、俺に食券を渡す。

「冷やし醬油タンメンの麺を豆腐に変更だ。これくらいならいけるだろう。男の子なんだから」

「これ辛さは？」

「これは非辛と呼ばれているラーメンだから全く辛くない。辛さ0だ」

俺はその数字に驚く。

「そんなのあるんですか？」

「船橋にもあったぞ。食券機見てないのか」

そういえばそんなもの、あったような気もするし、無かったような気もするし……。

「行くぞ」

いろいろ思い出していると、もう平塚先生はカウンター席に座っていた。俺もそれを追いかけ、先生の横に座ると、店員さんが目の前に来たので食券を渡す。

「ちなみに北極の火山は、辛さの数字はどれくらいなんですか」

「12だ」

「12!?　いや、10がマックスじゃないんですか？」

「それを超える、一種のバグみたいなこともあるんだろう」

いやバグはあったらダメじゃん。なんてことを思いながら、俺は初めに抱いた疑問が確信に繋《つな》がるのを感じた。

「先生……ちょっと聞きたいことがあるんですが」

「何だ？」

「先生……。中本《なかもと》、よく来ていますよね」

先生は紙エプロンをつける動きを止める。

「いや、これで二回目だが」

「そんなわけないでしょ。中本をチェーン店って言った時のあのキレ方はだいぶ好きじゃないとおかしいでしょ」

「いや、調べただけだから」

しらばっくれながら、どこに持っていたのか髪をゴムで留める平塚先生のうなじに目を奪われるが、今はそういう部分を見ている場合ではない。

「船橋《ふなばし》店でもおかしいと思ったんです。紙エプロン取りに行く時の動きが、あまりにもスムーズだったんですよ。知っている人じゃないとおかしいスピードですし」

「偶然見つけただけだ」

偶然というならそうなのかもしれない。だが今から言うことは偶然ではない。少なくとも何かの気持ちを持っていないと、そうはならない。

「じゃあこれは偶然じゃないと思うんですけど、途中から中本《なかもと》のことを中本さん、って言いだしているんですよ。リスペクトがすごすぎますよね。これは一体どういうことなんですか」

「それは初対面の相手に敬語を使うのと一緒でしょ」

まだしらばっくれるのかこの先生は。ここまで生徒に対して嘘《うそ》をつくのも倫理的にどうなんだろうか。

「じゃあそれはそれでいいですよ。じゃあ最後に僕が二杯もラーメン食べられません、と言った時の先生のセリフですよ！　『これだから初心者は……』って言いましたよね。ということは、先生は中本の初心者じゃないってことでしょ！」

俺が推理を突きつけても全く動じていない平塚《ひらつか》先生。そしてショルダーのカバンから何かを取り出したと思ったら、店員さんを呼びとめる。

「すみません、スタンプカードお願いしていいですか？」

「いや、やっぱり来ているじゃないですか！」

俺を完全に無視してスタンプを押してもらう先生。

「先生が言ったんですよ！　俺が行こうと思った駅前の新店の時に『スタンプカードがあるってことは行ったたってことだ』的なことを！」

俺のことをジト目で見る先生の意図は分からなかった。

「平塚先生、いい加減認めてください！」

そこから俺たち二人の間に沈黙が流れた。

「……いい歳した女性が、一人で辛いラーメンに刺激を得ているのを笑ったりするのか」

「……え？」

「比企谷《ひきがや》。君は私の親戚一同と一緒で、『一人で辛いラーメンにハマる時間あったら、もっと出会いの場に行った方がいいのに』とか言うのか。『辛いと書いても、からいのかつらいのか分からないわねー』とか言うのか」

その顔は怒りと悲しみに満ちていた。

そこで俺はようやく気付く。なるほど。この辛いものにハマっているということを親戚にバカにされつつ、未婚であることを責められたのか。それは……こういう行動を取ってしまうものか。

というか、俺は地雷を踏んでしまったのだ。なんとかしないといけない。

「えーっと……よく分からないですけど……俺は好きなものを好きと言えて、真っすぐな平《ひら》塚《つか》先生は、悪くない大人だなと思いますよ」

「……一丁前に慰めてくれているのか」

「いえ、慰めじゃなく……本音です」

さっきまでの表情とは一転、驚きの顔を見せたと思ったら、平塚先生が急に微笑《ほほえ》む。

「ふふ、本音を言わなそうな比企谷《ひきがや》にそう言われると届くもんだな。ありがとう」

「いえ、ありがとうだなんて」

初めて『嘘《うそ》くさい』『本音とか言わなさそう』と思われていたこの顔、雰囲気がプラスに働いた。

「すみません、冷やし醤油の豆腐変更と北極の火山です！」

そんなことを言っていると、店員さんが勢いよくラーメンを持ってきてくれた。

俺の冷やし醤油タンメンの豆腐変更は透き通った茶色のスープにさっき炒めたばかりであろうシャキシャキの野菜、そしてスープの下には豆腐が見えていた。これこそ小さい鍋だなと思った。

そしてそれより平塚先生のラーメンだ。

北極の火山という名前にふさわしく、もやしが山のように盛られていて、その横に溶岩を意識したのか麻婆豆腐がかかっている。頂上の清々《すがすが》しさを表わしているのか、一番上にかいわれ大根がのっていて、この立派さ、なるほど辛さ12というお化けのような数字になるのも理解できる。

それを見て先生は右肩を回す。

「やっぱりストレスたまったら辛いものだよね。よし、頂きます」

そう言うとすぐにスープをすすりだしたので、俺も追いかけて手を合わせる。

俺は目の前の冷やし醬油タンメンを、さきほどと一緒でスープ、野菜の順で味わう。スープが辛くなくてもここまでしっかりコクと深みがあるものなのか、と感心する。そしてシャキシャキの野菜も車の中で平塚先生の言っていた通り、店員さんが鍋を振って調理したばかりのものだからだろう、さきほどの野菜の表情とはまた別のものに仕上がっていて、同じお店のメニューを食べているとは思えなかった。共通点をあげるとするなら『美味』ということだろうか。

今回はさすがにボリューム的に俺の方が先に食べ終わる。ちらりと平塚先生を見ると、嬉しそうに山を崩して、麺《めん》ともやしを口に頰張《ほお》っていた。その様は不思議と山を登っているような、そんな恍惚《こうこつ》感を思わせるものだった。

そしてしばらくして完食。

「ありがとうございましたー！」

店員さんの言葉を背に受けながら、俺たちは店を出た。

×　×　×

「今日はありがとうございました」

「ううん、こちらこそだよ。ありがとう」

あの後は車に乗り、家の近くまで送ってもらった。

「なんか楽しかったですね」

「ふふ、なんか素直な比企谷《ひきがや》はちょっと気持ち悪いな」

「ひどい言われようですね」

「まあ、素直に思っていることを言ってもらえたら助かるよ。付き合ってくれてありがとうな」

先生の表情が少しだけすっきりしたように思えるのは、汗をかいたことが理由だろうか。

「あーあ」

平塚《ひらつか》先生が運転席でいきなり大きなため息をつく。

「どうしました急に。ハッピーエンドを目前としているにもかかわらず重めのあーあ、は何か事件の匂いがしますが」

「いや、簡単な『たられば』だよ。君みたいな同世代がいてくれたらなー、と思っただけだ」

「俺みたいな大人……。きっとろくでもない人間ですよ」

俺の切り返しを聞いてぷぷぷ、と笑う平塚先生。

「そうだろうな。職場でも仕事しない、飲み会ではいろんな人たちの悪口を言って、とてもじゃないけど大人になりきっていない」

あれ、否定しないのかーい。ただの悪口言われているみたいになってるけどーも。

「まあ、それでいい。無理に大人になる必要はないからな。比企谷は比企谷のまま、進めばいいんだよ」

「……なんか今日の俺の評価、甘いですね」

「そうだな。さっきまで辛いものを食べていたからかもな」

そう言うと平塚先生は前を見る。

「卒業してからのラーメンだけどな」

「はい」

「もう少し後にしてもいいいか」

後にする？　それは、まだラーメン屋を調べるということなのだろうか。

「ラーメンは単体で至高の食べ物だ。だが、お前は知らないだろうが、飲み会の締めにもなるんだ」

「飲み会？」

「お酒飲めるようになってから、一緒にラーメン食べよう。じゃあな」

嬉しそうに、軽く手を振って車は走り出す。その時見えた先生の横顔は、年齢差さえなければ――いや、年齢差があってもとても気持ち良い表情をしていて、ドキッとした。

早起きは三文の得と聞いていた。

しかし三文どころか、プライスレスの笑顔が得られた。

……明日も、早起きしてやろうかな。

ぼくのかんがえたけんぜんなはやはち

丸戸史明

「え？　何？　お前タバコ吸うようになったの？」

「まぁ、酒を飲んだ時くらいだけどね。変かな？」

「いや、変って訳じゃ……」

変だ。とても変だ。

あまりにも違和感だらけで、今すぐきょとんとした顔で『あんたハタチ過ぎてタバコが体に悪いってわからなかったんですか!?』って突っ込んでやりたくなったたって何だよそれコントレオナルドかよ。下手《へた》すると原作者すら生まれてねえぞ。

「それより君は、吸わないんならどうしてここに来てるんだ？」

「……いや、まぁ、ちょっとな」

とはいえ、ことこの場所で交わす言葉としては、明らかに目の前の優男の言い分の方が圧倒的に正しかったりする。

何しろここは、居酒屋の店外にある喫煙スペース。このどこもかしこも全面禁煙のご時世、迫害されたニコチン中毒者たちがごくわずかな灰皿を慈悲深く分け合う、唯一のオアシスだ。

俺みたいに、ただ〝本日貸し切り〟の札がかかった店内の喧騒《けんそう》の中に身の置き所がなく、誰にも気取られず煙幕に紛れようとするような人間がいていい場所じゃない。

それはともかく喫煙する作家には気をつけた方がいい。『ヤニが切れたら書けない』という必殺の言葉とともにカンヅメ部屋から消え、以後その姿を見た者はいないというエピソードに事欠かない上、ならばと喫煙部屋を用意したにもかかわらずまるで進捗《しんちょく》が見られないという必殺の輩《やから》だ。書けよ働けよ定期的に刊行しろよ。薄くてもいいから。

「まぁいいか。それで君は今、どうしてる？」

「……まぁ、適当にな」

「つまり、それなりにうまくいっていて、それなりに楽しく、それなりに幸せにやってるってことでいいのかな？」

「お前は適当という言葉に希望を持ちすぎだろ」

「でもまぁ、当たらずとも遠からずってところだろ？　何しろ、君が同窓会に出てくるんだからな」

「プレッシャーがキツかったんだよ。各方面からな」

「そういう圧力がかかるくらい、今の君には多くのしがらみがある……それが、適当に上手くいってるってことじゃないのか？」

「……今頃、画面下に『個人の感想です』ってテロップが出てるぞ」

そう、さっきこいつが言ったように、この、居酒屋を貸し切りにして行われているイベントは『総武《そうぶ》高校第●●期2年F組同窓会』という、皆で当時を懐かしんでワイワイと盛り上がる、とても全体主義的でノスタルジックでオールウェイ勢……オールウェイズなものだ。

在学当時から、イベントと言えばスルーを決め込もうとした挙句、結局奉仕部メンバーとして裏方参加させられてきた俺にとっては、こんな醜悪なイベントの告知メールに『参加希望で～す。シクヨロ！』などと返すことはあり得ない、って誰だよ人のメール勝手に返送したの。

そもそも同窓会の連絡メールに勝手にCC入れる幹事なんなの。

だいたいどうして2年F組の同窓会なんだよ3年の時のクラスに顔が立たないだろ。

そもそも俺って3年何組だったんだよ。これだから最終巻を読む前に締め切りを設定されても困るって言ったんだ、編集部に。

どうすんだよ最終巻どころか一三巻すら出てねえぞ今。出てるはずじゃなかったのかよ。

「で？　お前の方はどうなんだよ？　葉山《はやま》」

ま、それはそうと、こうしてさっきから喫煙スペースで俺なんかと益体《やくたい》もない世間話に興じているのは、こういったイベントでは、俺と対照的に幹事リーダーに名を連ねていそうな（というか実際連ねていた）誰もが認める旧2年F組のカースト最上位にして、今は順調に大学を卒業して社会人一年目の葉山隼人《はやと》だ。

本来ならこんな場所にいるはずもなく……いや実際さっきまで旧クラスメイト連中に引っ張りだこで、名刺争奪戦まで繰り広げられていた、五年経った今でもその人気に衰えは見えない人気者だ。

それはそうと、こういった卒業数年後の同窓会での名刺交換イベントってのは初めて見たけど、当時と今の力関係の変化やら業種による温度差が如実に表われてとても見てられない。『きゃ～外資系～』とか『わぁ銀行～』とか『起業？　すっご～い！』とか『あ～製造、へ～、そうなんだ、へ～』などと。君ら職業に貴賤《きせん》はないんだよわかってるの？

外資系は少しでも成果が上がらないと容赦なく首を切られるし、銀行は内部の足の引っ張り合いの末に出向だし、起業は自己破産への最短ルートだし、職業に貴はないんだよわかってるの？　やっぱ専業主夫最強じゃね？

まぁそれでも、『あ～俺マスター行ったんで～』とか『卒業まだなんだよな～』という免罪符を行使する連中はさておき、更にそれ以外の『肩書を持たない方々』に比べれば……いやもうこの話やめよう？

「ま、君と同じく、適当に、かな」

というふうに、俺と同じ考えから同じ結論に至ったのかは知らんけど、葉山は俺の望むとおりに、さっさとこの話を終わらせに来た。

「相変わらず本音を言わない奴だな、お前は」

そんな、こと空気を読むということに関しては他の追随を許さない……いや他にも色々と追随を許さな過ぎてムカつく奴だけど、まぁ、そんな葉山《はやま》の予想通りの答えに、ほんの少しの懐かしさを感じ、苦笑交じりに軽口で返す。

しかし……

「君と同じでね」

「……ついでに、相変わらず俺にだけ引っかかる物言いしやがるな、お前は」

それに続く葉山の言葉は、俺の予想をほんの少しだけ超えて、刺々《とげとげ》しいものだった。

「反論できるのか？　昔から君は、言葉でも心の中でも肝心なことを何一つ言わなかった……いや、あの頃は誰もが本音を口にしなかった」

「そりゃ……」

で、他愛ない世間話でお茶を濁す俺の計画は早々に頓挫《とんざ》し、いつの間にか微妙に嫌な思い出を喚起されてお互い苦い顔になる。

それもこれも、微妙に、いやあからさまに言葉を濁し、複雑でわかりにくい心情をさらに深い霧の中に追いやり、考察好きな読者をいい方向にも悪い方向にも刺激してほくそ笑《え》んだり逆ギレしたりする原作者のせいだ。

本当、この作品ってめんどくせえ。

るなんて最悪の想定外だ。

ぼっちを求めて辿《たど》り着いた場所で、こんな深くて濃くて胸糞《むなくそ》な人間関係を構築することにな

喫煙所に漂う煙が、というよりその白く彩《いろど》られた空気が、重く淀《よど》んでいく。

「嫌って言うほど、じゃなくて嫌なんだろ？　俺が」

「君は変わらない……嫌って言うほど、変わらない」

まったく、こんな展開になるってわかってれば、外になんか逃げるんじゃなかった。

ああ、同窓会が始まって三〇分くらいまでは良かった……ピークタイム短すぎるけど。

何しろ乾杯の時には、俺の隣には天使が……高校時代から容姿も体型も声音《こわね》も変わらない、何より髭《ひげ》濃くなったりしてない戸塚《とつか》がいたというのに。俺がちょっと飲み物を取りに席を外し戻ったら、あいつは女子連中に取り囲まれた上に、『や～変わってない～』、『可愛《かわい》い～』などと抱きつかれ放題で、もはや近づくこともままならなかった。

せっかくの数年ぶりの再会、積もる話からついつい昔の気持ちの昂《たか》ぶりを取り戻し、『ね、八幡《はちまん》……二人で抜け出しちゃおっか？』なんて手に手を取って静かに店を後にするはずがどうして……っ。

「安心しろ、俺もお前が嫌だ。当時から互いにそこだけは認め合ってたろ？」

そんな理不尽な怒りの記憶が、更に俺の表情と言動を険しく歪めていく。

葉山《はやま》の方も俺の怒りのオーラに反応したのか、こいつが高校時代、俺以外の人間には絶対に見せなかったあの表情を取り戻していく。

そうして、俺たち二人が、まさに一触即発の、激しくぶつかり合うのではなく冷たく削《そ》ぎ落としあう領域に入り込んだかと思った瞬間……


「いいっ、いいいっ、まさにこれ！　数年ぶりの再会、積もる話からついつい昔の愛や憎しみや快楽や痛みを取り戻し、生の感情をむき出しにする二人っ！　ハヤハチリターンズ！」

「……おう」

「……姫菜《ひな》」

ついついヒートアップしてしまったことを心底後悔させてくれる興奮気味の声が、俺たちの背後から浴びせられた。

「ん～、やっぱ、学生同士の瑞々しい絡みもいいけど、大人になってからの成熟した絡みもいいねえ。ほら骨格しっかりしてるし野性味強めだし。欲を言えばスーツネクタイ着用で臨んで欲しかったけど、ほら、ネクタイ掴《つか》んで強引にキスとか最高じゃない？」

「……いや」

「あはは……」

「なんてね。はろはろ～比企谷《ひきがや》くん、元気してた？」

「……ま、まぁ、な」

　などと、五年前とちっとも変わってない……いや守備範囲がボーイズからおっさんズまで広がったことでさらに熟成が進んだとしか思えない海老名《えびな》さんが満面の笑顔で俺たちを見つめていた。

「え、ええと、それで姫菜はどうしてここに？」

「あ〜、えっと、ちょっとお酒と人に酔ったみたいで外の空気を吸いにね。あ、ほら鼻血まで」

　と、海老名さんは自らの不調をアピールするようにハンカチを顔に当てる。いや、けどその鼻血間違いなくたった今出たばかりでしょ？

「それで、皆が隼人《はやと》くんいないって騒ぎ始めてたから、ついでに捜しに来たってのもあったんだけど……」

「あぁ、そうか、もうそんなに時間経ってたっけ。それじゃ、俺……」

「けれど大丈夫！　この私にとって珠玉の……じゃなくて二人にとって大切な時間を奪うことなんか、私にはできないっ！」

「いや、ちょっと……」

　しかも不調をアピールしておきながら元気いっぱいに葉山を押し留めると、スマホを取り出し、俺たち二人をファインダーに収め、何度もシャッターを切る。

「安心して。比企谷くんが思いっきり酔い潰《つぶ》れて外で吐きまくっててそれを隼人くんが介抱してるって設定にするから。そしたら皆外に出てこようとは思わないでしょ」

「だから、ちょっと……」

いやそれちっとも安心できないんですけど。せっかくここまで存在消せてたのに、また高校時代と同じように全員のヘイト集めちゃうでしょ。

「という訳で引き続きごゆっくり〜。あと三〇分は絶対に誰も外に出さないから。それじゃね〜」

「あ」

「あ」

と、嵐のような勘違い（にして彼女の中の真実）を胸に秘め、海老名《えびな》さんは店の引き戸を開けると素早く店内へと身を滑り込ませた。

「…………」

「…………」

後には、困惑と気まずさに苛《さいな》まれつつ呆然《ぼうぜん》と佇《たたず》む、取り残された男子二人……

って、どうしてくれるんだよこの空気。本当、五年経っても相変わらずＮＧな彼女過ぎるだろ海老名さん。推せますかって聞かれても無理。

な〜にが冴えない彼女をプロデュースだよ冴えない奴がアイドルとかヒロインに化ける訳ないだろ推薦帯書いた奴誰だよ。

×
×
×

「……君も吸うか？」

「いや、いいよ。吸ったことねぇし」

「そうか、じゃ俺もそろそろやめとくか」

「別に構わねえけど、俺は」

「いや、大丈夫だ。元々そんなに吸う方じゃないし」

「そうか……」

と、黙っていても心と心が通じ合う訳もない俺たち二人は、いつまでも無言で佇んでいる訳にもいかず、仕方なしに日本人の美徳に従い、また社交辞令から再開する。

お互いの空気を探りつつ、少しずつどうでもいい話題で互いの距離感をゆっくり遠ざけ、なるべく早めにこの会話を終わらせる流れを模索する。

そのためには、さっきのような売り言葉も買い言葉も厳禁だ。再び険悪な空気を作ってしまったら厄介《やっかい》なことになる。

「そういや海老名、いつの間にか俺のこと、ちゃんと比企谷《ひきがや》って呼んでたな」

「ん？　それは前からじゃなかったか？」

「いや、昔はヒキタニくんって……お前も最初はそう呼んでただろ？」

「あぁ、あれか……」

という訳で俺は、これが最後の談笑とばかりに自分の脳細胞をフル動員して、会心のどうでもいい会話ネタを引きずり出す。

「ていうか多分、お前が広めたんだよなヒキタニ君っての。言い出しっぺはちゃんと改めたってのに、他の連中はその呼び方が定着しちまって」

それは昔から、ほんのちょっとだけ引っかかっていて、けれどあまりにもほんのちょっとのことだから、今となっては誰もが聞き流す軽い笑い話か、誰もが覚えていない与太話であるはずの……

「ま、あれだよな。確かに俺の名字は読みにくいから仕方な……」

「わざとに決まってるだろ、そんなの」

「……おい」

けれど、俺が『ほんのちょっとだけでも引っかかっていた』ことがマズかった。

「わかってるだろ？　俺が人の名前を間違えるはずがないってこと」

「いや、今ならともかく、あの頃にそんなことがわかるはずが……」

「でも今ならわかるんだろ？」

「それは……」

そう、葉山隼人《はやまはやと》が葉山隼人であろうとするためには、そんな些細《ささい》なミスでさえ許されない。

それが彼にとってどうでもいい人間でも。

……いや、少し違う。どうでもいい人間であればあるほど、そんな些細なミスさえ許されない。

なぜならこいつの生き様は『全ての生きとし生けるものに愛と慈悲と平等を』だから。


「ヒキタニなんてあだ名じゃない。そこに愛も親しみもない、単なる失礼な読み間違いだ。皆、俺につられてそう呼んでいたけど、それは無自覚の虐《いじ》めだよ。君がハラスメントと主張するなら、間違いなく認定されるだろうね」

「やめろ、今さら気にしてる訳ねぇだろ」

「当時は気にしてたかい？　ほんの少しでもさ」

「お前、おかしいぞ今日……」

これじゃいつもと……ていうか五年前と立場が逆だ。

……いや、そうでもないか。特に〝あいつの家〟の問題が表に出てきてからは。

「もう一度言うよ。俺はわざとやってた。他の皆も同じように呼ぶだろうってわかっててやってた。認めるよ、明確な悪意があった」

「もうやめろ。あと今後は酒もやめろ。そんで今日のことは忘れろ。俺も忘れる」

「いいや俺は忘れないよ……酒なら大学でかなり鍛えられたからね」

いや全然鍛えられてないだろこの粘着ぶりはヤバいぞ。こいつ絶対大学で『絶対酒を飲ませちゃいけない先輩リスト』に載ってただろ。つうか一人だけ飲み会の連絡が行かないまである。だいたい、こういうのは虐《いじ》めた方はすっかり忘れてて『あれ～そうだったっけ？　てへっ♪』とか言って更に怒りを買うってのが定番だろうが。何で事細かにいちいち覚えてるんだか。

「葉山《はやま》、お前何がしたい訳？　俺に殴って欲しいの？」

で、俺が何度も殴ったら『そこまでやれって言ってないだろ！』とか逆ギレして反撃してお互いもみくちゃになった挙句、しばらくしたら同時にくすっと笑い出して、最後には肩を抱き合って大笑いする青春ドラマとトレンディドラマの中間みたいな展開狙《ねら》ってる訳なの？　ていうかそれ完全に昭和だよね平成すら終わったんだよもう？

「いいや、ただ、一言言わなくちゃ気が済まないだけだ……」

けれどこいつは、やっぱり平成生まれらしく、そんな力業に逃げることなく、拳《こぶし》ではなく強い眼光だけを送ってくる。

「俺は、あの頃の君が、心の底から嫌だった、ってね」

かつて、俺の前で『葉山隼人《はやと》を演じ続ける』と宣言したはずのこいつは……

なぜか俺の前でだけは、俺にとって都合のいいこいつを演じてくれそうにない。

「だからやめろっての……いくら俺でも、そういうむき出しの悪意を気にしない訳じゃねぇんだぞ？」

そりゃ、確かにあの頃の俺は、様々な決断を強《し》いられる場面で、わざと人の悪意を受け止めて、それでも強がり前を向いていた。

けれどそれは、明確な目的があったから……

「ああ、知っている。君は、人が思っているよりも繊細で、臆病《おくびょう》で、お人好しで」

「だったら……」

「けれど、どれだけ傷ついても、それでも屈しないことも知っている。自分の力で克服することも知っている。ふたたび前に進むことも知っている」

だから、その、目的のためならば、って、必死で歯を食いしばって……

「大切なものを、人を、護《まも》るためなら、ね」

「……それの何が悪い？」

「悪いなんて一言も言ってない。ただ、嫌いなだけだ」

そういえば昔、こいつに似たような怒りをぶつけられたことがある。

確かあの時、こいつは『どうしてそういうやり方しかできないんだよ』と、俺を責めた。

「何故《なぜ》ならそれは、他の誰にも……いや、少なくとも俺には絶対にできなかったことだからね」

それは、俺の取った行動の拙《つたな》さに対する純粋な否定だと思っていたけれど……

「……それ、聞きようによっちゃ、ただの嫉妬《しっと》じゃね？」

「ああ、そうさ」

「そうさって……お前、本当にあの葉山隼人《はやまはやと》か？」

「だって、君は俺に嫉妬しないだろ？　俺のことを羨《うらや》ましいなんて思ったことは、ただの一度もないだろ？」

でも、いくら酒に飲まれていたとしても。いくら昔の思い出が間違った方向に増幅されていたとしても。

「けれど俺は、クラスの中で浮く君が、それを受け入れられる君を見ているのが、嫌だった。自分がなりたくて、でもなれるはずもなかった人間の可能性を見せられているみたいで、反吐《へど》が出た」

こいつの、今の言葉と感情に、ほんの少しの真実が含まれていないのなら、俺はもう金輪際《こんりんざい》人を信用できない、ような気がする。

×　　×　　×

「なぁ……やっぱり一本よこせ」

「吸わないんじゃなかったのか？」

「酒程度で揉《も》み消せるか。こんな馬鹿げた話」

俺の睨《にら》みつけるような視線にも怯《ひる》まず、葉山がポケットからタバコの箱を取り出し、俺に差し出す。

そして、俺がそこから一本抜くと、向こうは当然のようにライターの火を俺の方に向けてくる。

その行為にだけは、今までの葉山隼人らしい気配りが感じ取れたけれど、そもそもこいつと一緒にタバコを吸うなんて状況が俺に起こるなんて全くの想定外だったせいもあり、胸に去来する変なざわつきが半端ない。

なにこれ？　なんなのこれ？

「っ……ぷはぁ」

「肺まで吸い込まない方がいいぞ。初めてなんだろ？」

「うるせぇよ」

自分も一本咥《くわ》え火をつけながら、葉山は俺の無様な初喫煙を、笑うのと心配するのの中間くらいの表情で眺めている。

胸いっぱいに充満した煙は、俺の気管支を容赦なくくすぐり続けたけど、ここで咳《せ》き込んでしまってはあまりにベタなので、必死に煙を飲み込み、一気に吐き出した。

……これ、間違いなく服に匂いがつくな。あいつ、気づきやがるだろうなぁ。

「お前、みっともなくなったな」

「そうかい?」

ようやく煙が肺に少し馴染《なじ》み始め、じんわりと気持ちを落ち着けていく。

と、落ち着けば落ち着いたで、今まで俺の受けた理不尽な仕打ちに対する冷静な怒りが、戸惑いに変わって俺の脳を支配していく。

「久しぶりに会った同級生に、理不尽な昔話を押しつけて、喧嘩《けんか》腰で説教吹っかけてよ。しかも飲み会の席で……これじゃ、ただのクソ鬱陶《うっとう》しいおっさんだぞ。これでハゲてたら完璧《かんぺき》だ」

「そいつは嬉しいね……俺は、普通のおっさんになって埋没していくのが夢だったんだよ」

と、向こうも一服して少し落ち着いたのか、今までの感情的な物言いから少し理性的に……いや、皮肉っぽく変わっていく。

なにこいつ、やっぱ俺に敵対する態度は全然変える気ないんじゃん。

「適当に結婚して、適当に仕事して、ゴルフ始めて、子供の運動会で動画撮りまくって、奥さんに怒られつつベランダでタバコ吸って、飲み会で部下に絡んで、けれど子供の話になると急にデレデレになる……そういう人間に、俺はなりたいのさ」

確かに、葉山《はやま》の語る夢には俺もシンパシーを感じないでもない……まぁ、それで仕事する必要さえなければだけど。

それでも……

「なら、少しだけ言い方変えるわ……お前、今も昔も、みっともねぇな」

一度冷たく燃え出した俺の怒りを、そんなに簡単に収めてやんねぇよ。

「全然成長してねぇし、全然達観してもいねぇ。いつまで、どこまで上からなんだよお前。なんで結婚して子供できること前提なんだよ。なんで飲み会で絡む相手が部下なんだよいつの間に出世してんだよ上司風吹かせてんじゃねえぞこの野郎」

心の中で『うわ俺までみっともない！』と羞恥《しゅうち》にまみれつつも、一度口を衝いて出た言葉はもう引っ込んでくれない。

「昔も今も、お前は、なれる人間になれるはずだ。お前が本気なら、つまらんおっさんにだって絶対なれるはずだ」

しかも、出て行ってしまった言葉に続く言葉すら飲み込めずに、合コンで潰《つぶ》された大学生みたいに次から次へと吐き出されていく。

「なのに、本気でなろうと思わないからな～んにもできねぇ。ぜ～んぶ、ご丁寧《ていねい》にくだらねぇ言い訳で潰していく」

なのに葉山は、そんな溢《あふ》れ出る俺の言葉を遮《さえぎ》る気配もなく、ただ冷静に言葉の終わりを待っている。

「俺が保証してやるよ。お前は、つまらんおっさんなんかにゃ死んでもなれない。そんな上等な人間なんかになれるもんか」

というか、今から考えると、こいつはどうやら、俺がこうなるのをずっと待っていたかのように思える。

「お前さっき、俺がお前に嫉妬《しっと》しないって言ったよな？　そんなの当たり前だ。そんなくっだらねぇ奴に嫉妬なんかする訳ねぇだろ。今も昔も」

つまり俺、ハメられた……？


「本当に、本当に、お前は……みっともねぇんだよ」

「具体的に、どういうところが、だい？」

「お前の空気の読み方、おかしいだろ。周りが傷つかないように、何一つ壊れないようにって、現状維持にこだわり過ぎじゃねぇか」

「現状維持って、そんなに悪いことかな？」

「そのために自分を抑え込むのは勝手だが、お前の場合、他人さえ抑え込みやがる。戸部《とべ》とか、それに三浦《みうら》だって」

「あぁ、まぁ、そんなこともあったかな……」

「しかも、そうなったことを後悔したり謝ったりするのが余計にみっともねぇ。善人にも悪人にもなり切れないサイコ野郎だよ。お前は」

酒が回ったか、タバコが回ったか、最悪の空気が全身に回ったか……

葉山《はやま》に促《うなが》されるまま、俺は、こいつと同じ、説教臭いおっさんに成り下がっていく。

「あはは、そいつはいいや……確かに中途半端なサイコ野郎かもな、俺」

で、罵倒《ばとう》されている当の本人の方は、そんな俺の暴走を、妙に楽しそうに眺め、軽妙に悪口雑言のその先を促す。

……やっぱり俺、ハメられた？

「お前、何が楽しくてあんなことやってんだよ？　金持ちでイケメンなんだから、もうちょっと私欲にまみれろってんだよ。カースト最上位にいるなら、ちゃんとゲスい本性見せてくれないと。大学でミスター取っておきながら性犯罪で逮捕されてこその勝ち組だろ」

いつもならモノローグで済ませて絶対に口にしないような言葉が、我慢しても次から次へと零《こぼ》れ出てしまい、心の中でビクンビクンしながら悶《もだ》える。暴言しゅごいのぉ。

「なぁ、比企谷《ひきがや》……じゃあ、俺はどうすれば良かったんだ？」

表面上では完膚なきまでに叩《たた》き潰《つぶ》され、けれど多分、心の底では全然違う表情を浮かべ、葉山が切なそうに目をそらし新しいタバコに火をつける。

「いや……どうすれば、いいんだ？」

「そんなの知るか。自分で考えろ。一生な」

「まぁ、そうだよな、君はそういう奴だよな」

　こういう、完全に時代から取り残された昭和な仕草すら少しばかり絵になると思わせてしまうところが、やっぱりこいつの一生許せないところだ。

「前に俺、言ったよな？　俺たちが小学生の頃、君が同じクラスにいたら、〝彼女〟はどうなっていただろうか、って」

「あ？　ええと、そんなことあったっけか……？」

「…………」

「あったよ覚えてるよいちいちたそがれるなよ！」

　……今まで気づかなかったけど、タバコって、黙って上を向きつつ煙を吐き出しているだけで無言の圧力を掛けられる便利なアイテムだよな。

「もしそうなっていたら、〝彼女〟は変われたんじゃないか、救われたんじゃないかって……ああ、今となってはそういうのも失礼かもしれないな。何しろ彼女がそういう人生を歩んだからこそ、今の……」

「いちいち本題から外れてまで俺をいたたまれなくさせるな」

　というか、最終巻で語られているかもしれない設定に言及しないで欲しい。これだから最終巻を読む前に締め切（ｒｙ
「けれど、もしそうなったとしても、俺たちは結局、何も変わらなかったんじゃないかって……考えたことはないか？」

「考える訳ねぇだろめんどくせぇ」

「俺が自分を曲げずに周囲を変えずにいても、君が自分を曲げずに周囲を変えていっても。俺が多くの人たちの気持ちをスルーしても、君が特別な人にだけ特別な思いを向けられても……結局、俺たちだけは、今みたいにみっともないままだったんじゃないかって」

「……今度は何が言いたいんだよ？」

「俺たちは、お互いの世界にいてもいなくても関係ない人間だってことさ……」

「そりゃそうだろ。だって俺お前に興味ねぇし」

「そういうこと面と向かって言われるのは腹立たしくないか？」

「お前から振っておいて何言ってんだよ!?」

あぁもう、本当にもう……今日のこいつ、めんどくせぇ。

正直、今の仕事に馴染《なじ》めてないんじゃないかってくらいに五月病感あるんだけど大丈夫かよ。今まで挫折《ざせつ》してこなかった人間って、ちょっとポッキリ折れると脆《もろ》いって言うけど、頼むから俺に『それが、あいつと交わした最後の言葉だったんだ……』とかこの後のモノローグで言わせないで欲しい。

×　　×　　×

「ほらよ、缶ビール」

「悪いな……」

近くのコンビニで買ってきた缶ビールを渡すと、葉山《はやま》は少しばかりばつの悪そうな表情で、けれど素直に受けとった。

プルタブを開けると、缶から炭酸の抜ける爽《さわ》やかな音が響き、そこに缶をぶつけ合う鈍い音、更にはビールが喉を通る豪快な音が後に続き、最後に『ぷはぁ～』と、またしてもおっさんくさい吐息の音を漏らす俺たち。

ていうか居酒屋のすぐ外で缶ビールって営業妨害だろ。あと缶ビール片手に立ち飲みで語り合うとかとても二〇代の所業じゃねぇぞ。何やってんの本当に。

「別に、俺に構わず戻ってもいいんだぞ？」

「いいよ、どうせ身の置き場なんかないし」

さっきからの俺たちの会話は、まるで実も生産性もなく、ただ互いをみっともなく否定しあい、けれど罵《ののし》り合いの一歩手前で引き返す臆病《おくびょう》なチキンレースを何度も繰り返しているだけだった。

「そうかな？　本当は、君と話したがっている人は結構いるはずだと思うけどな。特に一部の女性陣には……」

「お前にはそんなの比べ物にならない需要があるはずだろ。戻るならお前が戻れよ」

「今はちょっと……いつもの俺に戻るには、もう少し時間がかかりそうだ」

「なら勝手にしろ」

なのにその罵倒《ばとう》合戦をさっさとお開きにできないのは、今、俺の目の前にいる『しょぼくれてやさぐれた葉山隼人《はやと》』のあまりの物珍しさ……というか、放っておけなさというか。

そう、決して、中に戻って色々な元同級生と触れ合ってしまったら設定齟齬《そご》のリスクが高まるせいではない。というかそのネタいい加減しつこい。

「にしても、冷静に振り返ってみると今の俺たち駄目過ぎるだろ……こういうのが似合うのって静《しずか》ちゃんレベルだぞ」

「ああ、平塚《ひらつか》先生にも声は掛けたんだけど、今日は運悪く友人の結婚式が重なってしまったとか」

また友達に先越されたのかよしかもこの期に及んで。そいつはまるでマラソン大会で『一緒にゴールしようね』と約束しあった親友に突然のラストスパートを喰《く》らったような……いや違うな、『一緒にいつまでもゴールしないでおこうね』と約束した友達か。まぁどっちでもいいか。いやどっちもよくないか。

「そういえば先生、相変わらず君のことを気にかけてたぞ。ちなみに彼女の近況は……」

「やめろ。その先は聞きたくない」

だってもし聞いてしまったら、あの人が幸せでも不幸せでもショックで立ち直れなくなってしまうような気がするし……ってなんなのその昔の女感。五年ぶりに再会したら一気に燃え上がって家族友人恋人全部捨てて一緒に海外に逃げちゃう系ヒロイン？

と、気候のせいか思考のせいかわからないけど、少し寒気を覚えた俺は、とりあえず葉山《はやま》との会話をほっぽって、スマホを取り出しメッセージを打ち始める。

葉山の方も、俺のその逃避行動に合わせるように、視線を自分のスマホ画面に向ける。

×　×　×

それからしばらくの間、無言でスマホを弄《いじ》るという、俺にとって至福とまではいかないにしても、ある意味俺らしい時間が流れる。

といいつつ、昔と違うのは、ちゃんと画面の向こうに常に相手がいることで。それも常に同じ……

「……彼女は元気か？」

と、しばらくするともう飽きたのか、画面に集中しているはずの隣から、画面に集中しているはずの俺に、ぼそっとちょびっとクリティカルな問いかけが飛んでくる。

「いやそれがさ、小町《こまち》の奴最近ますます最強の妹ぶりに磨きがかかってもはや全国民の妹に就任しそうなレベルなんだが、それでも生涯お兄ちゃんだけの妹を貫き五年三〇億の提示を蹴って残留を宣言……」

「俺は君のそういう逃避に付き合うつもりはない。話したくないならそう言えばいい」

「てめぇふざけんな○すぞ」

小町がこのまま順調に大学生活を謳歌してしまうと、友達の推薦で勝手にミスコンに出場させられ当然のごとく優勝。本人はチバテレビ希望だったのに在京キー局が放っておかずお天気お姉さんから朝の顔を経てヒキパン呼ばわりされた挙句、プロ野球選手と結婚という悪夢のような未来が待っているというのにこの男は……

せめてマリーンズの選手だったら許しても……いやお兄ちゃんやっぱり許したくないんだがどうすればいいんだ。

「まぁ、そうやって同窓会中でもメッセージをやり取りしているくらいなら順調なんだろうな。悪かったよ、聞くまでもないことを聞いてしまって」

「順調かどうかは知らんが、今の俺の話題はお前に対する愚痴《ぐち》で埋め尽くされてるぞ」

「で、彼女はなんだって？」

「……ツーショット送れとさ。どうやら最近、腹抱えて笑えるネタに飢えてるらしい」

「撮るか？」

「撮るか！」

そんな俺の懊悩《おうのう》を知ってか知らずか、しっかり空気を読んで的確に嫌がらせしてきやがって

この男は……

こんなことなら大宴会場の喧騒《けんそう》に埋没するぼっちのままでいた方がどれだけ気楽だったことか。

「それはそうと、ずっと前からお前に聞きたかったことがあるんだが……」

「彼女なら元気にしてるよ。誰のことを言ってるにしてもね」

と、嫌がらせされたままでいるのも癪《しゃく》なので……

「で、結局お前、姉と妹どっちが本命だったんだ?」

「………」

こちらもしっかりと空気を読み、一度しか使えなくて、使ったらそこで試合終了ですよな最終兵器を投入する。

これでしばらくは大人しくなるだろ。いや、永遠に口をつぐむ可能性もあるけど。

「…………」

葉山《はやま》は、まず胸いっぱいに煙を吸い込み、それを長い時間を掛けて吐き出した。

「…………」

んでもって、今度は缶の底に残ったビールを、これまた長い時間を掛けてズズズと吸い出す。

「なんだよ黙りこくって。まさか実は母親だったとか言わねぇよな？」

「…………………………………」

結果、タバコもビールもなくなってしまい、ならばとタバコをもう一本取り出そうとして、箱が空になっていることに気づくと苛《いら》ついた様子でぎゅっと握り潰《つぶ》し、しばらく手持ち無沙汰《ぶさた》なその状態を持て余した後……

「相変わらず下衆《げす》の極みだな君は！」

「お褒《ほ》めいただき至極《しごく》恐縮～」

その、今までにないほどのうろたえた声は……

俺の喉を通る、既にぬるくなってしまったビールの味を、とても芳醇なものにしてくれた。

×　×　×

「だから、やっぱり俺は、君のことを認める訳にはいかないんだ……わかるかぁ？」

「なんなの今日のお前ぇ、今の仕事、合ってなかったりすんのかぁ？」

「俺はぁ、全然、今の人生を謳歌してるさ。けれど君と話していると、昔の傷を思い出して、ど～しようもなく嫌な気分になるだけだぁ」

「お前ぇが喧嘩《けんか》吹っかけてくるせいで俺まで胸糞《むなくそ》悪くなってくんじゃねぇかいい加減にしやが

れこの●●野郎」

居酒屋の店の前で、足元に空き缶を大量に転がしつつクドクドと言い合いを続ける男二人と、もはや完全無欠の営業妨害でしかない。その証拠にさっきからご新規さん全然入ってこないし。ってああそういや貸し切りか。だったら何やってんだ俺たち。って、ああ同窓会か。

ていうか、最初に飲んでたのはビールのレギュラー缶だった気がするんだが、今足元に転がってるのって、どう見てもストロング系チューハイのロング缶だよな。この後、焼酎のソーダ割りに移行しちまったらもう運転できねぇぞ。いやもうとっくにできないか。

「そもそも、俺の方がよっぽどお前のこと嫌いなのに、なんでそんな理不尽なこと言われなちゃんねぇんだぁ？　俺にももっと言わせろよ」

「そもそも、それが理不尽なんじゃないか。僕は誰とでもうまくやっていきたいし、実際そうしてきた。なのに、ど〜して君は、最初から、俺のことが嫌いだったんだよ……」

「嫌うに決まってんだろ。協調性とかいうクソみてぇな独善振りかざして他人を操ろうとする偽善者のどこに入る理由があるんだよ？　あ、あと顔が嫌い。その『オナニーなんかしたことないよっ♪』って自己主張してるような顔が」

「うわぁ、変わったなぁ比企谷ぁ、高校時代の君は、そういう下品な話だけはしなかっただろ」

「俺は友達がいなかったからできなかっただけだっての〜。お前は友達沢山いたのにしなかっただろ？　そういうスカしたところも受け付けねぇ」

「なんだよ本当はしたかったって言うのかぁ？　じゃあ聞いてやるよ君はいま週に何度オナニーしてるんだ？」

「あ～あ～皆さ～ん、今のこの反ハラスメント社会の時代にオナニーなんて単語を連呼してるイケメンがいますよ～？」

「君のことだから『※』《ただしイケメンに限る》の使い方は知ってるだろ？　つまりそういうことさ～」

「お前それ高校時代くらいのネタじゃねえかよ！　時代遅れのネタ使って悦に入るとかおっさんかよ！」

まるで童貞高校生か風俗好き親父がするような……いや俺は前者ではあったんだけど、それでも今までしなかったような馬鹿話を、あろうことか一生しなさそうな目の前の奴と、しかも互いのタバコの煙が届きそうな距離で繰り広げているというこの状況は、もはや互いが酔っ払っていたからという程度の言い訳では通用しないような気がする。

ということはなんなの？　俺と葉山《はやま》って、いつの間にか本音で語り合う関係になっちゃったってこと？　それとも二人とも童貞高校生か風俗好き親父なの？　え、こいつ高校時代童貞だったの？

というかさっきから話題が微妙にループしてる？　いやしてないか。してるか。

×　×　×

「あ〜もう、やっぱ俺戻る。こんなところにいられるか〜」

「身の置き場がないんじゃなかったのか〜？」

「少なくともここよりはあるわ！」

と、もはや何度目かもわからない毒を吐くと、俺はよろよろと立ち上がり……って、立ち飲みかと思ってたらいつの間にか地面にしゃがんでたのか俺たち。もはや人間の屑《くず》だな。

「そうか、なら今日はこれくらいにしておいてやるよ」

「今日だけじゃねぇ。お前とはもぅ絶対に飲まねぇ……同窓会なんぞ、二度と出てやるもんか」

そこの返しを『やられっぱなしじゃないかい！』とは言えない程度には両成敗な結果を鑑《かんが》み、俺は捨て台詞《ぜりふ》を残してふらつく足を回れ右させる。

まぁ、この酩酊《めいてい》状態で戻っても絶対に誰も相手にしてくれないだろうし、後は隅っこで寝転がりつつ、いつの間にか解散してて店員さんに起こされるのを待つだけだ。

なんだかとてもアレで情けなくて、酒の失敗の中でも最悪の部類な気もするが仕方ない。

「いや、同窓会だけじゃねぇぞ。もう俺を余計なイベントに巻き込むなよ。例えばクラスメイトの結婚式の二次会とか」

「……君はそれに関しては、呼ばれる立場じゃなくて主催……」

「だからそういうのが余計だってんだよ！　俺は絶対に出席しないし主催もしないからな」

何しろ、全ての元凶はそもそもこいつとサシになってしまったことなのだから、その元を断つしかない。

つまり、今後一切、こいつと関わらなければいいだけだ。

「……それじゃ、これが俺たちの最後の会話って訳か」

地面に座り込み、俯《うつむ》いたまま、葉山《はやま》がぼそりと呟《つぶや》く。

その態度やしぐさは何かしらの寂寥《せきりょう》感を覚えさせなくもないけど、単にとんでもなく潰《つぶ》れているだけとも取れるのでもう俺は奴の本音を推測するのをやめる。

「そうなるな……ああ、でもお前の葬式にだけは顔出してやってもいい。それなら会話しなくて済むからな。そこで三〇年ぶりの再会と行こうぜ」

「三〇年ぶりって……ちょっと俺の寿命短くないか？」

「なら一〇〇年後に」

「それでいて君は何歳まで生きているつもりなんだ？」

「俺は専業主夫だからな。ストレス感じなくて長生きするんだよ」

いつも通り……ほとんど会わない上に、ずっと合わなかった俺たちの最後に相応《ふさわ》しく、最後まで互いを認めることなく、そのままで。

「……最後の最後まで、嫌な奴だな、君は」

「お互いにな」

「ああ……それじゃ、一〇〇年後に」

「ああ、じゃあな」

こうして俺たちは……今度こそ最後の言葉を交わし、お互いの交わりを断つ。

俺は葉山《はやま》に背を向け、同窓会の喧騒《けんそう》へと戻っていく。

こいつもそのうち、俺と同じように店内に戻ってくるだろうが、その時、俺たちが交わす言葉も視線も、もうない。

葉山はきっと、どれだけ泥酔していたとしても、意地で、いつも通りのリーダーを演じ。

そして俺は、きっと、どれだけ人恋しくても、意地で、路傍の石を気取り。

そしてめでたく同窓会は、葉山の締めの挨拶《あいさつ》によってお開きとなり。

あいつは取り巻きに連れられて二次会へと連行され、俺はこのまま……の待つ場所へと……


「は～い、それじゃいったんお疲れっした～！」

「忘れ物ないようにな～」

「二次会行く人こっちね～」

「え」

「え」

と、俺が店の扉に手を掛けようとしたその時、扉の方が先に開き、中から騒々しい声とともに、ぞろぞろと人が流れ出てくる。

「お、隼人《はやと》くん。それに比企谷《ひきがや》も、ここにいたん？」

「随分と長いタバコ休憩だったな……って、何だよこの空き缶。完全に出来上がってんじゃねえか」

「隼人くんがいつまでも戻ってこないから、先に締めちゃったぞ？」

で、その集団の中でも先頭を切って皆をまとめていた感じの三人が、道端でへたり込んでいる葉山に気づき、こちらへと近づいてくる。

そいつらは、五年前の葉山グループの中でも無彩を放っていた三馬鹿、茶渡《ちゃど》、大和《やまと》、大岡《おおおか》……ああごめん茶渡じゃなかったわ戸部《とべ》だ。

「締めた？　もう？」

「もう……って、時間見てみ隼人くん？　そろそろ日付変わるっしょ？」

「え？　嘘《うそ》なにそれ聞いてない」

戸部のきょとんとした態度と言葉に、慌ててスマホの時計を確かめると、ちょうどその瞬間に、時刻が○：○○を指した。

え？　じゃあ何？　俺、この酔っ払いと四時間近く二人きりで話し込んでたって訳なの？

もしかして俺も酔っ払いなの？　いや酔っ払いだけど。

だとしたらどんだけ『×　×　×』の間にインターバルあるの未収録会話も全部書き出

したら何ページになるのこのSS。

「戸部《とべ》っち、そいつら任せた。俺は他の二次会メンバー連れてくから」

「俺はそいつらの荷物持ってくるから。頼んだぞ」

「っべ～、何、この酔っ払い二人、俺一人に押しつけてお前ら逃亡？」

そんな三人の、軽々しくもてきぱきとした仕切りを、俺と葉山《はやま》は呆然《ぼうぜん》と眺める。

高校時代は葉山がいないと何も決められなかったはずの三人は、今やこの同窓会を……いや少なくとも締めと二次会の誘導については完全に取り仕切り、葉山（とついでに俺）の面倒を見るまでに成長していた。

その見慣れぬ光景は、この五年という時間の幅を感じさせ。

だから俺と葉山はまるで孫の成長を感無量で眺める認知症のじいちゃんみたいな表情になる。まぁ認知症だからすぐ忘れちゃうんだけどね。

「ほら、隼人《はやと》くん立てる？」

「あ、ああ……」

で、それと比べて、戸部に支えられてよろよろと立ち上がる葉山の頼りなさと言ったら……うん、五年という時間の幅って残酷だ。

「しょっと……比企谷《ひきがや》の方は自分で歩けそう？」

「あ、ああ、俺はまだなんとか」

「じゃあ、隼人くんを反対側から支えて……」

「それは嫌だ」

「あ～、そうよね～、そういう奴よね～」

そんなふうに、一人残された戸部は、愚痴《ぐち》を垂れつつも『しょうがねぇなぁ』的な兄貴感を漂わせつつ、甲斐甲斐《かいがい》しく葉山の面倒を見た上で俺へのフォローも忘れない。

まぁ、おかげで葉山の都落ち感がますます盤石になっていくんだけどな。


「にしても、今年も随分盛り上がってたみたいじゃん、二人とも」

「……楽しい訳ねぇだろ」

「……最悪の時間だった」

戸部の、気を使ったんだか知らないが却《かえ》って煽《あお》るみたいな物言いに、俺たちは一様に苦い顔で応える。

ついでに喉の奥に苦酸っぱいものが広がりそうになるがそれは無理やり飲み込む。早くコンビニ寄ってウコン補給しないとヤバい気がする。いや二日酔いの心配してる場合じゃねえだろもうこれ喫緊《きっきん》の事態だぞ。

「な～に言ってるっしょ。もうここ五年、毎回これ繰り返してんじゃん二人とも」

「…………そんな記憶はないな」

「…………右に同じく」

と、こうして俺が迫りくる胃液という名の敵と、『ここは俺に任せて先に行……げぇぇぇぇ』とカッコよく戦っているというのに、空気を読めないことだけは昔通りの戸部《とべ》が、さらに胸糞《むなくそ》案件をぶち込んでくる。

「だってお前ら、この同窓会、毎年必ず二人して消えてるっしょ。で、訳わかんない理由つけていっつも大喧嘩《げんか》して」

「…………記憶にないって言ってるぞ」

「…………いい加減黙った方がいいんじゃないのか」

「で、隼人《はやと》くんに、来年は同窓会やめようかって聞いても絶対やめようとしないし。比企谷《ひきがや》だって嫌なら来なけりゃいいのに律儀《りちぎ》に毎年来て……お前ら織姫《おりひめ》と彦星《ひこぼし》かよ」

「おおお俺は各方面から圧力かけられてだな」

そんな、間違って海老名《えびな》さんが聞いてしまったら『で、どっちが織姫!?』と勢い込みそうな軽口を慌てて遮《さえぎ》る。

「そうか？　俺が外堀を埋めてたのは最初の二年目までだぞ？」

「お前もなんで今さらそういうこと言い出すの!?」

なのに、潰《つぶ》れているはずの葉山《はやま》は未《いま》だに敵愾心《てきがいしん》を剝《む》き出しに俺を煽《あお》ってくる。そうこれは敵愾心なんだから誤解しないでよね。

ていうかどう考えても、何故《なぜ》か二年生の時のクラス会を、しかも毎年開催するって幹事の方がおかしいだろ。つまり彦星の方が……いややめよう。

あとなんか今電柱の陰で眼鏡《めがね》のようなものがキラリと光った気がしたが、そいつも気のせいということにしよう。

「そんなだから、今年なんかもう隼人くんにすら誰も女子近寄らなくなっちゃったし」

「……こいつの場合、虫よけに俺を利用してるだけじゃねぇの？」

「君だって他の女子に声を掛けられるのは困るだろう？　何しろ彼女に常時監視されているようだし」

「されてね～し俺が勝手に連絡入れてるだけだし」

「知らないのか？　ああいうタイプは付き合いが長くなればなるほど嫉妬《しっと》深く面倒に……」

「は～いはい、そこまで！　続きは二次会でな、二人とも！」

と、いつ終わるかもしれない戦いに業を煮やした戸部が、俺たちの間に強引に割って入る。

ちなみに毎年、このまま朝までずっと続くんだけどな。二次会のカラオケから、三次会のサイゼまで……

一年のうち、三六四日は会わない俺たちの、たった一日の仲違い。

これからも、いつまで続くのかわからないけれど。いや全然続いて欲しくないんだけど。

それでも、続いてしまう限りは、俺はこいつにだけは、絶対に負ける訳にはいかない。

「葉山《はやま》、お前実は俺のこと大好きだろ？　そうなんだろ？」

「そこで俺が『実は……』なんて言い出したら嫌だろ？　だからそういった質問はしないでくれ」

「しないでくれじゃなくて否定してくれよおい」

×　×　×

最後の最後まで、何度も言い訳させてもらうと、これは最終巻が出る前に書かれた物語。

だから、その時点で関係性が確定していない人たちは出てこない。

そんな中、これは、こうあって欲しいと願った可能性。

〝彼〟が誰を選んでも。

〝奴〟がどんな道を進んでも。

それとは関係なく、〝私〟が、思い描いた可能性。

ご清読、ありがとうございました。

（了）

やはり妹さえいればいい。

渡 航

廊下の窓を風が揺らした。

部室へと向かう足をいったん止めて、外へと視線をやれば、遅咲きの桜が春の終わりを惜しむように、ひらりひらりと別れの舞を披露していた。

既に四月も半ばを過ぎ、風薫る季節を迎えようとしている。

もうじき高校最後の春が終わる。否、春だけではなく、様々なものが終わろうとしていた。

俺が高校を卒業するまであと一年を切っているのだ。

大学受験までもう十か月もない。大学入学共通テストであれば、残り九か月だ。え、やばい、なにそれ。もう全然時間ないじゃん、マジでやばい。

受験のことを考えれば、出遅れどころか下手《へた》すると手遅れまである。

今すぐにでも勉強に手を付けるべきだと頭ではわかっているのだが、なかなかどうして体は言うことを聞いてくれない。へっへっへっ、口では何と言ってても体は正直だな……。悔しい！　びくんびくん！

しかし、いくら俺の体がわがままボディの正直者と言えど、何もしないというのもなんだ。

いきなり本格的な受験勉強を始めるのはハードルが高いが、準備くらいはしておくべきだろう。

というわけで、放課後、部室へ行く前に進路指導室に寄って、予備校のパンフレットを手当たり次第にかき集めてきた。

どの道、あの部活はアホみたいに暇なのだ。いくらでも考える時間はある。なんなら暇つぶしにちょうどいい。……その時間に勉強するべきでは？

一瞬まともな思考が頭をよぎってしまったが、それを振り払って俺は部室の引き手に指をかけた。

がらりと戸を開ければ見慣れた風景がそこにはある。

楚々《そそ》とした手つきで紅茶を淹れる雪ノ下雪乃《ゆきのしたゆきの》、鞄《かばん》からおせんべいを取り出してお皿にざらざら盛っている由比ヶ浜結衣《ゆいがはまゆい》。そして二人の向かいに座り、頬杖《ほおづえ》ついてスマホを眺めているのは部員でもないのになぜか部室にいる一色《いっしき》いろは。一色の存在はややイレギュラーだが、それでもまぁよくある光景だ。

一点、これまでと大きく違うのは、一色の隣に我が妹、比企谷《ひきがや》小町《こまち》がいることだろう。

小町は真新しい制服に身を包み、鼻歌交じりでテーブルふきふき、雪ノ下や由比ヶ浜のカップを並べてはまた新たに紙コップを出し、甲斐甲斐《かいがい》しく働いている。

どうやら新部長のもと、奉仕部は新たな体制で動き始めているらしい。いずれは、この紅茶の香りも引き継がれ、小町が紅茶を淹れる日が来るのかもしれない。それはそうと、一色さんは何してるんですかね？　お茶飲みに来たお客様なのかな？

と、その一色《いっしき》が扉の音に振り向いた。

「あ、先輩。おっそーい」

ぷーっとあざと可愛《かわい》く頬《ほお》を膨《ふく》らませる一色に、はいはいごめんねと適当な頷《うなず》きを返し、俺は定位置へと向かう。

「ヒッキー、やっはろー」

「こんにちは」

由比ヶ浜《ゆいがはま》はひらひらと軽く手を振り、雪ノ下《ゆきのした》は俺の湯呑みに紅茶を注いでくれていた。俺はそれに「うす、お疲れさん」と手短に挨拶《あいさつ》を返し、椅子《いす》を引いた。

すると、雪ノ下が俺の前に温かそうな湯気を立てた湯呑みを置いてくれる……かと思ったその瞬間。

「あー、雪乃《ゆきの》さん。ちょっとお待ちを」

小町《こまち》が待ったをかけた。

「へ？　な、なにかしら」

急に止められ、戸惑う雪ノ下に、小町は少々申し訳なさそうな微笑《ほほえ》みを向けた。

「兄には、まだちょっと早いかと」

「え、ええ……。確かに、比企谷《ひきがや》くんではまだ紅茶の味を理解するのは難しいかもしれないけれど……。かといって一人だけ茶葉の等級を落とすというのも……」

言いながら雪ノ下の視線はちらちらと紅茶のストックへ向けられている。

「んー……、どう見ても兄用に安い茶葉が用意されてる感じ……」

小町はさすが雪乃さん……と言わんばかりに微妙な顔をしていた。まぁ、実際、俺は紅茶の味の違いが大してわからんので雪ノ下の準備は間違っていない。むしろ、俺用があるとかその優しさにちょっと感動しちゃうよね。

「……味ではなく、温度のことでして。えへへ……」

「温度……。あー……」

由比ヶ浜はぽけーっと口を開け、首を捻《ひね》っていたが何事か思い至ったらしくはえーと感嘆の声を上げる。それに、雪ノ下もほぼ同時に頷いた。

「そうね、猫舌だものね」

「お二人とも大正解～！　どんどんぱふぱふ！」

小町はにっこり笑顔でぱちぱち拍手をしたかと思うと、すぐさままじめ腐って指を振り振り解説し始めた。

「我が家はだいたいみんな猫舌なので、紅茶は少し冷めてるくらいが好みです。それと、紅茶がストレートの時のお茶請けは甘いものがおすすめです。ぜひ覚えておいていただけると小町的にポイント高いかと」

「そ、そう……。今度から気を付けるわ……いえ、気を付けます」

「急に敬語になったっ!?　でも、そうなる気持ちはちょっとわかるっ！」

雪ノ下《ゆきのした》が恐縮したようにトレイを胸に抱えて頷《うなず》くと、由比ヶ浜《ゆいがはま》はすっと背筋を伸ばす。

一方、お向かいに座る一色《いっしき》はドン引きしていた。

「やべぇなお米ちゃん、それもう小姑《こじゅうと》じゃん……。そういうの、めちゃめちゃめんどくさいから嫌《いや》なんですけど……」

「むっ。……まぁ、いろは先輩は別に覚えなくてもいいんじゃないですか？　うち、ペットボトルのお茶にはこだわりないので、どの銘柄でも平気ですよ！　よかったですね！」

「いやいや、さすがにお茶くらい淹れられるから。あ、雪乃《ゆきの》先輩、煮え湯ってありますか？　お米ちゃんに飲ませてあげたいんですけど」

「それはもうただのかんかんの白湯《さゆ》！　小町《こまち》、猫舌ですからやめてください！」

一色が湯沸かしポットへ手を伸ばそうとするのを、小町が必死に止める。

そのじゃれあいを横目に、俺は未《いま》だ湯気を立てている湯呑みに手を伸ばした。

別にお茶が熱かろうが、お茶請けがなんだろうが構わないのだ。

うちはうち、部室は部室。ここでしか味わえないものもある。

俺は熱々の湯呑みにふぅふぅ息を吹きかけ、ちびちび啜《すす》り、お煎餅《せんべい》もがじがじ齧《かじ》る。

「うん、まぁ、美味《うま》い。お茶もお茶請けもなんでも美味いから、なんでもいいな……」

ほうっと小さな吐息とともにぼやくように呟《つぶや》くと、同じ並びに座る雪ノ下と由比ヶ浜は互いに顔を見合わせて、ふっと口元をほころばせた。

「……なんでもいいが、一番困るのだけどね」

「ほんとにね」

二人してくすりと小さな微笑《ほほえ》みを交わすその一方で、お向かいに座る二人はなーんかひそひそ言い始めましたよ。

「出たよ、あざといやつ……」

「まぁ、兄はいつもあんな感じなので……」

さっきまでわあわあ言い合っていたのに、内緒話よろしく渋げな顔を近づけて耳打ちしあうと、こっちに冷ややかな眼差《まなざ》しを向けてくる。それがどうにも居心地悪いので、俺は新聞を広げる昭和の親父さながらに、予備校のパンフレットをばさっと広げた。

「ヒッキー、それなに?」

「さっき進路指導室で取ってきたんだ。見るか?」

ほえーと不思議そうにこっちを眺める由比ヶ浜に、パンフレットをいくつか渡すと、由比ヶ浜はそれをいそいそと広げ始める。そして、由比ヶ浜の隣から雪ノ下も覗《のぞ》き込みつつ、ふむふむ言いながら文字列を目で追っていく。

この手の資料だのパンフレットだのは、今どきはウェブにいくらでも載っているが、誰かと一緒に眺めたり、ぱらぱらめくって比較する分には未《いま》だ紙資料の方が手っ取り早い。

さらに一色《いっしき》と小町《こまち》も向かい側から、見せて見せてとばかりに手を伸ばしてくるので、机の上をついっとすべらせてやる。それを一見すると一色は気の抜けた声を出した。

「はぁ、もう受験の話ですか。大変ですねー」

「めっちゃ他人事《ひとごと》だな……。お前も来年には悩むことになるぞ」

俺が言うと、隣からひどく深刻な声が聞こえてきた。

「そうだよ～、あたしも今めっちゃ悩んでるもん……」

ぱっと横を見やれば、由比ヶ浜《ゆいがはま》がずーんと沈んだ表情で、パンフレットに視線を落としている。そして深々としたため息を吐《つ》いた。

「……あたし、なにがしたいんだろ」

「重いなぁ……」

だが、まぁ、真剣に考えこむのは由比ヶ浜らしい。俺なんて受かったところに行くかーくらいにしか考えてないのに……。

難しい顔でうんうん唸《うな》りながらパンフレットを見比べる由比ヶ浜を見るに見かねてか、雪ノ下《ゆきのした》が優しく声をかける。

「大学選びが必ずしも将来の進路に直結するわけではないから、そこまで深刻にならなくてもいいと思うけれど」

「う、うん……。そうなんだけどさ……。やっぱり悩むよ～」

由比ヶ浜はうわーんと雪ノ下に抱き着く。それに雪ノ下は「近い……」とこぼしながらも、ノートPCを引っ張りだして、かたかた調べ始めた。

「まずは、由比ヶ浜さんが行きたい大学や学部を調べることから始めましょうか……」

雪ノ下と由比ヶ浜が肩を引っ付き合わせて、あーでもないこーでもないと言いながら、大学やらなんやら調べていると、その様子をうむうむと満足げに眺めていた小町が、ぱっと一色へ振り向いた。

「いろは先輩はどこ行きたいとかあるんですか？」

「んー……、やっぱ有名大学？　アオガクとかジョーチとかリッキョーとか？」

「おぉ～、すごーい！　言い方頭悪そうですけど、頭いい大学狙《ねら》いですね！」

「は？　どうせ大学で勉強しないのに、頭いいとか関係なくない？　おしゃれで可愛《かわい》いほうが大事でしょ」

「お、おう……。小町、いろは先輩をちょっと舐《な》めてました……。ここまで行くと逆にかっこいいなこの人……」

自信満々に言ってのける一色に小町が戦慄《せんりつ》していた。いや、俺もちょっとビビった。いろはすってば、見事なくらいイメージだけでものを語っておる……。

しかし、まぁ、考えのとっかかりとしてはそうそう間違っていない気もする。俺もファミマ行くたびに、帝京平成大学に行こうかなって思っちゃうし、免許は合宿免許WAO!!で取ろうってなっちゃうもん……。いや、ほんとマジであの宣伝めっちゃ頭に残るんだよな……。もはや刷り込みというかサブリミナルレベルで半ば洗脳だ。

そして、傍《かたわ》らではまた別の洗脳を受けている奴がいた。

「ちめいど、ゆうめいだいがく、おしゃれ……」

「由比ヶ浜《ゆいがはま》さん、惑わされないで。堅実に選びましょう。やめて、インカレとかオーランとかよくわからない言葉を調べ始めるのはやめて。なんだかとても不安になるから」

言いながら雪ノ下《ゆきのした》は由比ヶ浜からノートPCを取り上げ、俺の方へパスしてくる。よし、よくやったぞ、雪ノ下。俺も由比ヶ浜の先々がなんだかとっても不安になったので、開いてたタブを速攻で閉じちゃいますね！

余計なこと言いなさんなよと、一色《いっしき》をじろと睨《にら》むと、一色は誤魔化すようにけぷけぷ咳払《せきばら》いをして、小町《こまち》に水を向ける。

「お米ちゃんはどうなの。大学どこ行くとか考えてるの？」

「小町は兄の失敗を見てから決めようかなと！」

「えぇ……、俺が失敗すること前提……」

小町はにっこりウルトラスマイルで元気よくガッツポーズ。あまりにも力強い宣言に、俺の肩がかくりと落ちる。しかしまぁ、上の失敗を見て学べるのは下の子特権だ。せいぜい実りある失敗をしよう。

「まぁ、小町はまだ時間があるからなんとでもなるか……」

ふっと微苦笑交じりに俺が言うと、傍《かた》え聞きしていたらしい由比ヶ浜と雪ノ下が頷《うなず》く。

「うん、小町ちゃん、まだ一年だもん。まだまだめっちゃ遊べるよ！」

「そこは勉強することを勧めてあげるべきだと思うけれど……」

むんっと両の拳《こぶし》を胸の前に掲げ、ふんすふんす鼻息荒い由比ヶ浜に、雪ノ下は少し疲れたため息を吐《つ》く。

「小町はいいとして、一色はどうなんだ？　平気なのか、成績とか」

「わたしですか？　はあ、まぁ。わたしは指定校推薦で行く気ですし……」

「おー、指定校推薦。いいですねそれ！」

小町がすごいすごいとぱちぱち拍手すると、一色は自慢げに胸をそびやかす。

「ふふん、だてに生徒会長やってないですから。お米ちゃんも推薦狙《ねら》えば？　頭悪そうだし」

「うわなんてこと言うんだこの人ほんとやばいな……。でも指定校推薦という言葉は魅力的なので、小町も生徒会長狙おうかと今思いました。今年の選挙でぶちのめします」

「ははっ、負ける気しねー」

「今年の選挙楽しみですね、うふふ」

一色が鼻で笑うと、小町がにっこりと意味ありげに微笑《ほほえ》む。そのまま静かに睨み合うかと思われたが、不意に一色《いっしき》の笑《え》みがふと陰った。

「……え、待って？　ほんとに選挙でないよね？　先輩たちがお米ちゃんの応援したら、わたし、心折れちゃうんだけど……」

「さぁ、どうでしょう……。ねっ、おにーちゃん？」

「どうなんですか、先輩……」

小町《こまち》が甘えるような声音《こわね》ととろけるような笑みで俺を呼べば、一色は不安に声を震《ふる》わせてすがるような眼差《まなざ》しを向けてくる。

「おにーちゃん♪」

小町のあどけなく無邪気な声音は弾むように明るく、きらりとした輝きを宿す瞳は全幅の信頼にあふれ、くてりと傾けた首は子猫が頭をぶつける仕草にも似て、この子の期待を裏切るまいという気にさせられる。

「せん……ぱい……」

一色は形の良いふっくらとした唇から、熱っぽい吐息にも似た声音で切れ切れに言うと、潤《うる》んだ瞳で上目遣いに俺を見る。切なげに制服の胸元をきゅっと握りこむ仕草がまるで祈るかのようで、細くしなやかな指先はかすかに震えていた。

妹と後輩からの、『どっちの味方をするの？』という無言の問いかけは、もはや圧力である。

しかし、前方から押し寄せる可愛《かわい》らしい圧力とはまた違う圧を、俺は横からも感じていた。

ちらと横目で窺《うかが》うと、雪ノ下《ゆきのした》と由比ヶ浜《ゆいがはま》がしらっとした目で俺を見ている。

「…………」

「…………」

無言やめて？　さっぽろ雪まつりの雪像でもそんな冷たい表情してねぇだろ。

これはなんと答えても、ろくなことにならないとわかりきっているので、俺は「なははっ」と意味のない、ただ間を埋めるだけの空笑いをすることしかできない。

そのまま一秒経ったか、二秒経ったか。あるいは永劫の時が流れたかもしれない。

情熱と冷静の間で対消滅しそうになっていると、やがて終わりの時が来る。

コンコンと。

ずいぶんと久しぶりに、この部屋の扉を叩《たた》く音がした。

×　×　×

ノックの音に、はっと誰もが我《われ》に返り、互いに顔を見合わせる。ついで、扉の方へと視線をやった。

その隙に、俺はどはあああああっと盛大にため息を吐《つ》く。つぶねー、マジで息が詰まるかと思った……。果たして俺の命の救い主は何者かと、感謝の気持ちを込めて扉を見やる。

だが、いつまでたっても、その扉が開かれることはない。はてと首を捻《ひね》っていると、ドアの向こうから再度、コン、コン……と、やや戸惑いが混じったようなノックがされた。

すると、由比ヶ浜《ゆいがはま》がはっとして、小町《こまち》に声をかける。

「小町ちゃん、返事してあげないと」

「あ、はいっ！　どーぞー！　開いてますよー！」

小町が声高に言うと、来訪者はおそるおそるドアを開く。

「す、すいませーん……」

頼りなげな声音《こわね》で言いながら、そろそろと入ってきたのは、青みがかった黒髪の男子生徒。川《かわ》なんとかさんの弟、川崎大志《かわさきたいし》だった。

部室の中を一見すると、大志は一瞬たじろいだ。どうやら女子率の高さに面食らったらしい。入室するのをためらって二の足を踏んでいると、そこへ由比ヶ浜がひらひらと手を振りながら、フランクに声をかける。

「おー、大志くんだー。ひさしぶりー」

「どうぞ、入って」

「あ、どもっすすいませんどもっす」

雪ノ下《ゆきのした》に入室を促《うなが》されると、大志は照れたように頭やら頬《ほお》やらを掻《か》いてはしきりに頭を下げ、へへっとはにかみ笑いを浮かべている。

うーん、まぁ、可愛《かわい》い先輩に親しげに手を振られたらそんな対応をとってしまうのはわかる。わかるが、それはそれとして……。

何をへらへらしとるんじゃお前は。姉ちゃんに言いつけるぞ。と思ったけど川なんとかさんに話しかけるハードルが高ぇな。しょうがねぇ、見逃してやる。俺のコミュ力の低さとお前の姉の怖さに感謝しろよな。

と、俺は見逃してやったのだが、そこを見逃さない奴がいる。

「誰ですか？」

一色《いっしき》は怪訝《けげん》そうな顔で大志を一瞥《いちべつ》すると、すぐさま俺に視線を戻し、胡乱《うろん》げに聞いてきた。

「川崎大志。川崎の弟だ」

「へー。……いやまず川崎が誰」

興味なさそうな間延びした声で返事したものの、一色はまったくピンときていないらしい。

「何度か会ってるだろ……、プロムの時も衣装周りで手伝ってもらったし」

「あー、あのなんか怖そうな……」

はっと思い至ると、一色はそそくさと椅子《いす》を動かし、大志と距離をとる。君子《くんし》危うきに近寄らずというやつだな。なかなか賢い判断だ。川なんとかさん、弟をdisられると、割りとガチめに怒るからね！

そうして、空いたスペースに小町がえっちらおっちらパイプ椅子を運んできた。

「とりあえず座って座って」

ぽんぽんと座面を叩《たた》いて促《うなが》すと、小町《こまち》はまた元いた席へと戻っていく。

「ありがとう比企谷《ひきがや》さん……」

大志《たいし》はほわっと恍惚《こうこつ》の表情で礼を言ったが、すぐに何事か思いついたらしく、はっとした顔で、やけに前のめりにまくし立てる。

「あ、お兄さんもいるから比企谷さんだとわかりづらいよね。呼び方ちょっと変えたりとかしたほうがいい、よねっ？　ねっ？」

が、小町はなんのこっちゃとばかりに、首を捻《ひね》る。

「え？　全然だいじょぶ余裕でわかるよ？　へーきへっちゃら。そのままでいいまである。大志くん、お兄ちゃんのこと、お兄さんって呼ぶし」

「……っすよねぇ」

大志は崩れ落ちるように椅子《いす》に腰を落とすと、その勢いのままがっくり肩を落とし、最終回のジョーみたいに真っ白に燃え尽きていた。

それを由比ヶ浜《ゆいがはま》は痛ましげに見ると「うっ……」と声を詰まらせ、雪ノ下《ゆきのした》は「……名前呼び、ね」と小さく呟《つぶや》き、そっと視線を伏せた。そこにはどこか同情や共感めいた色が滲《にじ》んでいる。

いやいや、大志風情が小町を名前で呼ぶとかまだ早いでしょ。プリキュアでも8話分かかるからな。うん、まぁいろいろ手順を踏まないといけないんですよ。ほんとどういうタイミングで名前呼びに移行するんですかね？　どうしたらいいと思う？

などと、我が身を顧《かえり》みる俺をよそに、一色《いっしき》が小町のそばにすすっと椅子を並べ、怪訝《けげん》な顔で耳打ちしていた。

「お米ちゃん、それ、素で言ってるの？」

言われて、小町は一瞬きょとんとしていたが、すぐにふっと不敵な笑《え》みを浮かべ、ぐっとサムズアップして見せる。

「ふふん、もち素です」

「ははっ、どっちかわかんねー」

一色の乾いた笑いに、俺たちは苦笑いするしかない。いやほんと小町ちゃんはたまに読めないところがあるんですよね……。

「小町さん、詳しい話を聞いてあげたほうが」

「あ、ですね」

雪ノ下に言われ、小町はぱっと大志に向き直る。そして、大げさに咳払《せきばら》いをすると、ゲンドウポーズでやけに重々しく口を開いた。

「うぉほん。……では、お聞きしましょう」

「いや、あの、全然大した話じゃないっていうか、そんなすげー悩んでるってわけじゃないんだけど、ちょっと話聞いてもらいたいなーって……」

大志《たいし》は照れ照れもじもじしながら、ちらちらっと小町《こまち》の様子を窺《うかが》いながら話す。だが、そのせいで、一向に話が進まない。

小町はふむふむとまじめ腐って聞いているが、こっちはちょっと焦れてきた。雪ノ下《ゆきのした》も由比《ゆい》ケ浜《がはま》も大人しく聞いてはいるが、俺はこらえきれず、がたがた貧乏揺すりしてしまっていた。一色《いっしき》に至っては、まったく会話に参加せず、つまらなげにスマホを弄《いじ》っている。たまに笑ったかと思ったらこいつSNS見てるし……。なにそのクソ合コンにおけるクソ女ムーブ……。

「実はちょっと部活選びに悩んでまして……、なんかアドバイスとかもらえたりとかできたらなーと……、ど、どうかな……」

はよ話さんかい……と、苦虫噛《か》み潰《つぶ》していると、ようやっと大志の話は本題にやってきた。

「そうか。野球部入れ、野球部。そんなことより野球しようぜ。はい、決定」

「即答だ!? しかも超雑っ!!」

「せめて、悩んでいる理由くらいは聞いてあげなさい……」

驚く由比ケ浜と呆《あき》れる雪ノ下。だが、俺も雑に言ったわけではない。

ちゃんと考えたうえで、アドバイスしているのだ。

なんせ、プロ野球選手になれば声優さんと結婚できる。ラノベ作家よりよっぽど確率が高い。ていうか、なんならラノベ作家が一番縁遠いんじゃねぇの。ラジオの構成作家も声優さんと結婚してるし。俺も年末に発表したいんだが？

　などと、俺がドラフト会議に向けてプロ志望届を脳内で提出していると、ただ一人、真剣に聞いていた小町がふーむと唸《うな》る。

「仮入部はもう行ったの？」

「いや、仮入部、行ってもちょっとわかんなくて……。話、聞いても、ちゃんと答えてくれないじゃないすか。うちはゆるいよーとか言うんすけど、実際わかんないし……」

　大志は困ったように笑うと、俺に視線を向けた。どうやら、小町と直で会話をするのは緊張するらしい。わかるー……。

「姉ちゃんが予備校行き始めるんで、京華《けいか》の面倒見ないとかなって。そしたら、あんまり厳しい部活じゃないほうがいいんすよね。融通きくところがいいっていうか……」

「……なるほどな」

　大志はもう俺にしか話しかけていないので、結果、俺が相槌《あいづち》を打つ羽目になってしまった。まぁ、思春期男子としては、気になる女の子と上級生の美少女たちを前に緊張するのは仕方あるまい。助けを求めるように見つめられてしまえば、俺も無碍《むげ》にはできない。けど、そこは言うても、思春期男子。やっぱり遠回しにでも、アピールしたくなっちゃうんですよねー！

「やっぱ俺も？　もう高校生じゃないすか？　家のこともちゃんとしたほうがいいかなって」

　言いながら、大志はちらちら小町を見る。どっすか？　俺、こう見えて結構考えてんすよ？

と、言外に言いまくっている。

そんなささやかで大変涙ぐましいアピールを、当の小町《こまち》はふんふん頷《うなず》いて聞いていたが、やがて、ふむと一際大きく頷くと、体をくるりと俺に向ける。

「お兄ちゃん、これ、アレだね」

「アレだな」

お互い、うんと頷くと、目と目で通じ合い、☆ＭＵＧＯ・ん。

首を捻《ひね》る大志《たいし》、雪ノ下《ゆきのした》、由比ヶ浜《ゆいがはま》をよそに、兄妹で勝手に理解していると、それを怪訝《けげん》に思ったのか、ようやく一色《いっしき》がはてと反応した。

「アレってなんですか？」

「『四月病』」

「聞いたことない病気……」

「あなたの家だけ『家庭の医学』がぶ厚そうね……」

俺と小町がコンマ違わず口をそろえて言うと、由比ヶ浜は呆《あき》れの混じった苦笑いをし、雪ノ下はこめかみに手をやってため息を吐《つ》いた。一色に至っては「はぁそうですか」と興味なさそうに言ったきり、またガン無視である。

ただ一人、大志だけがぽかーんと呆気《あっけ》に取られていた。仕方ない、説明してやるか……。

「四月病というのは中学生、高校生、大学生、あるいは社会人が新しい環境に張り切りすぎてしまい、余計なことを始める病気だ。『俺ももう大人だし……』みたいな中途半端な意識改革がなされた結果、英会話を習い始めたり、日記をつけたり、ジムに通い始めたりと、とにかく余計なことをしだす」

じっくりとっぷり話して聞かせると、由比ヶ浜がうーんと難しげな顔で困惑していた。

「別に悪いことじゃないっぽいけど……」

「四月だから始めようみたいな甘っちょろい考えでいる奴らだぞ。そんなの長続きするわけないだろ。結果、弾かないギターや飲みかけのプロテインが量産されるんだ……」

この四月病の恐ろしいところは、遅効性の毒のように、後々になってからも、じんわりとダメージを与える点だ。大掃除の時などに、ギターやプロテインなどの云わば夢の残骸を目にするたび、『俺ってなにやってもダメだな……』と、自己嫌悪に襲われるのだ。半端な夢の一欠けらが不意に自分を傷つけている。中でも、日記はダメージがでかい。あい……かつ……、俺の日記はそこで終わっている。

しかし、終わらないのが、四月病の後遺症だ。

「黙って静かにやってくれれば別に文句ないんですけど、まぁ、普通に『始めた自慢』というか、イキり方がウザいので、家族としてはちょっと鬱陶《うっとう》しいです」

小町がめっちゃ真顔でなんぞ言い出していた。ええ……、小町ちゃん、そんなふうに思ってたの……。ちょっとショック……。

「い、いや……、俺は、そういうんじゃ、ないんですけど……。もっと、こう、ちゃんと部活もやってましたし……、そこそこですけどぉ……」

切れ切れの声に目を向けると、大志《たいし》がぶわーっと顔を赤くしていた。

うん、まぁ、男の子は一つや二つ、そういう覚えがあるもんだよね。ごめんね？　なんか恥部を晒《さら》させちゃって。罪滅ぼしというわけじゃないが、もうちょっと真剣に話を聞かねば。

「中学の時はなにやってたんだ？」

先ほどの口ぶりから、なんぞ部活をやっていたことはわかる。あえて口に出したのだから、それは大志にとって思い入れのあるものなのだろう。そうあたりをつけて聞いてみると、大志はぱっと顔を上げ、明るい表情で答える。

「ソフトテニスっす！　県大会まで行きました！」

ついでに、ちらっと小町《こまち》を見て、どっすか？　とアピールすることも忘れない。それに小町はお～とおざなりな拍手を返していた。まぁ、大志が元気になったのなら良し。それは大変結構なことだ。だが、気になるワードが一つある。

「……そうか。となると、テニス部は選択肢から除外だな」

「えっ、なんでっすか!?」

大志はわけわからんとばかりにさかんに首を捻《ひね》る。だが、疑問に思っているのは大志だけだ。他の連中はこぞって、さもありなんと頷《うなず》いていた。

「あー、戸塚先輩《とつか》……」

「戸塚さんですねぇ……」

「さいちゃんじゃしょうがない……」

一色《いっしき》はうんざりした顔で言い、小町はしみじみと感じ入り、由比ヶ浜《ゆいがはま》は半ば悟りの境地に達していた。やだ諦められちゃった……。しかし、彼女たちにどう思われようとも、俺は大志のような軽薄な輩《やから》をあの神聖なテニス部に入れるわけにはいかんのだ。守りたい、あの笑顔……。

だが、ただ一人、首を捻ることも頷くこともしなかった者がいる。

雪ノ下《ゆきのした》は肩にかかった髪をさらりと払うと、勝ち誇ったような笑《え》みを浮かべた。

「戸塚くんは新入部員が増えれば喜ぶと思うけれど?」

「むっ、た、確かにそうかもしれん……」

さすがは雪ノ下だ……。的確に俺の弱点を突いてくる……。それどころか、なおも攻撃の手を緩《ゆる》めない。

「あなたが新入部員獲得のチャンスを不意にしたと知れば、悲しむでしょうね……」

殊更《ことさら》痛ましげに言って、雪ノ下はそっと目を伏せる。芝居がかった大仰な仕草だったが、それでも雪ノ下ほどの美人は様になるから困る。

そのうえ、雪ノ下が言っているのは正論なのだ。こうなると、俺は手も足も出ない。まぁ、口くらいは出しますけれど。

「それなら問題ない。間をとって俺が今からテニス部に入れば差し引きゼロ、行って来いのトントンって計算に……」

が、その口出しも最後まではさせてもらえない。

「比企谷《ひきがや》くん」

雪ノ下《ゆきのした》は俺にまっすぐ視線をぶつけてくる。

ほのかに上気した頰《ほお》。綻《ほころ》ぶような笑《え》みを湛《たた》えた口元。形のいい桜色の唇がそっと動く。

そして、それはもう晴れがましく、温かく花が咲き誇るように告げられる。

「却っ下」

ですね、はい。わかってますすよ、言ってみただけですよ。むしろ、却下してくれなかったらどうしようかと思いましたよ。

「……まぁ、戸塚《とつか》に相談するのも一つの手だな。極力そうしたくはないが」

俺が敗戦の弁を述べると、大志《たいし》は静かに挙手をする。はい、大志くん、なんですか。

「あの、テニス部って忙しいんすか?」

「うーん、どうだろ。練習は結構頑張ってる感じ。さいちゃんはお昼休みも昼練してるよ」

「ああ、めっちゃ頑張ってるな。俺が遊びに誘っても、忙しいっつって、なかなか行けなかったりするし」

特にここ最近は仮入部やら新入生の勧誘やらで忙殺されているらしく、なかなか遊びに行くことができていない。仕事さえなければ、俺は戸塚と遊び放題だというのに……。憎い、仕事が憎い。締め切りが憎い。すべては仕事のせいなのだ……。俺は悪くない、仕事が悪い。

なのに、なんでいろはすは、ふーん？　みたいな感じで首捻《ひね》っちゃってるんですかね？　そうですかねー、違う気しますけどねーみたいな反応、おかしくないですか？

とか思っていたら、一色《いっしき》は勝手に何かを納得した様子で口を開く。

「まぁ、興味ない人から誘われた時は大概そう言いますよね～。落ち着いたらーとか、今ばたばたしてるのでーとか、寝てたーまた学校でーとか」

「君だけでしょそれ……」

なんだよ、その最後の……。夜八時くらいに既読スルーされてから翌朝送られてくるラインかよ……。こっちは質問の体《てい》で送ってるのに、その内容には一切触れず、申し訳程度のスタンプと一緒に送られて、ラリー終了どころか二度とラインしないやつじゃん……。

それ絶対お前だけだぞ……。と、思っていたのだが、ちらと見渡してみると、全員が神妙な面持ちで、うーん……と唸《うな》っていた。

「ええ……、みんな黙っちゃったよ……」

「別件がある、予定がある……なんて言い方は、するわね……。いえ、本当に予定があるからそう断っているのだけれど……」

雪ノ下が口元に手をやり悩ましげに言えば、由比ヶ浜《ゆいがはま》は困り笑いを浮かべてお団子髪をくしくし弄《いじ》る。

「あ、あたしはあんまりそういうこと言わないけど、遊びの誘いだと『いいねー！　今度みんなでー』とか言っちゃったりは、する……」

「あー、それめっちゃ言います」

小町《こまち》が笑顔であるある～と、うんうん頷《うなず》いているが、俺も大志《たいし》もまったく笑えない。

「今度からそれ言われたらちょっとガチで凹《へこ》みますね……」

「いっそのことはっきり断ってくれた方がいいよな」

今初めて、俺と大志の間に連帯感が生まれた。これを絆と名付けることにしよう……。

と、美しき男の友情に打ち震《ふる》えていると、そこに冷や水浴びせるような声が投げかけられた。

「あなたもよく『行けたら行く』って言うじゃない」

「言う……。あれ、どっちなのかほんと困る……」

見れば、雪ノ下《ゆきのした》だけではなく、由比ヶ浜《ゆいがはま》も不満げに唇を尖《とが》らせている。二人そろうと、冷たさは倍加して、もはや冷や水どころか液体窒素じみてきていた。

「予定もないくせに一度断ってみせるからたちが悪いのよね」

「うん、それでどうせ絶対行くし……」

雪ノ下と由比ヶ浜は互いに顔を見合わせ、「ねー？」と、首を傾けて同調した。

が、すぐに違和感に気づき、「……あれ？」と、今度は逆方向へ首を捻《ひね》る。

「……由比ヶ浜さん、それはいつぐらいのこと？」

「いつっていうか……」

問われた由比ヶ浜は視線を上にあげ、何か言いかける。だが、すぐに口をつぐむと、両手を前に突き出して、ぶんぶん振った。

「あ、全然なんでもないなんでもない。……えへへっ」

由比ヶ浜は先の言を翻《ひるがえ》し、はにかみ笑いで、誤魔化すようにお団子髪を撫《な》でた。

はははは、なんだろうな。なにかあるのかな。でも、なんでもないって言ってるしな。ていうか、マジでなに。どれ。いつのなに……。

やましいこともなければ、思い当たる節《ふし》も、心当たりもないのだが、そっと口元を指で隠して目を逸《そ》らす由比ヶ浜の熱っぽい表情や、あるいは氷柱のように尖っていつつも潤《うる》みを帯びた雪ノ下の眼差《まなざ》しに、俺の胃は悲鳴を上げていた。

なんとかせねばと俺は内臓の奥から、思いつく限りの言葉を並べ立てる。

「いや違うぞ、何が違うかはわからんが違う。俺は誘われても、マジで行きたくない時だってあるんだ。あと、当日になってからすげー行きたくなくなることもある。だから、『行けたら行く』って答えるんだ。つまり、当日の朝になって観測するまで答えがわからない重ね合わせの状態といえる。これはもうシュレディンガーの猫と呼ばれる思考実験でも確定的に明らかだ」

「しゅれ？　なに？」

聞きなれない言葉にはえっと由比ヶ浜《ゆいがはま》が首を捻《ひね》り、雪ノ下《ゆきのした》はしゅんと項垂《うなだ》れる。

「……あれ、なんで猫なのかしら。とても心が痛むわ」

「まぁ、猫は箱に入るものですから」

小町《こまち》が適当に慰める傍《かたわ》ら、一色《いっしき》がドン引きの表情で俺を見ていた。

「すっごい誤魔化し方しますね……」

「ははは何の話だははは」

冷や汗だらだらで空笑いしていると、一色はうーんと腕組みし、視線を下げて何やら考え始めた。

「ってことは、こないだのアレも秘密ですね。了解でーす☆」

「はははははは何の話だはははははははさっぱりわからんはははは待ってマジで何の話?」

一色はぱちーん☆とウインクして、あざとく敬礼。そして、その手をすすっと下ろし、唇の前で人差し指を立てた。しーっと、薄い吐息を漏らすと、そっと細めた瞳がいたずらっぽく揺れて、小悪魔めいた微笑《ほほえ》みに変わる。

……まずいな。ほんとに何かあったような気がしてくる。ほんとにまずい。さっきから雪ノ下も由比ヶ浜も俺に疑惑の眼差《まなざ》しを向けているのが、非常にまずい。さらに、大志《たいし》さえも「なんだこいつ……」みたいな顔で俺を見ている。男の友情は儚《はかな》いなぁ……。

俺が絶望に打ちひしがれていると、向かいでは小町がはぁと呆《あき》れたようなため息を吐《つ》く。そして、にこぱっとした笑みを浮かべると、一色に顔を向けた。

「テニス部はわかりましたけど、サッカー部はどうなんですか？　忙しいんですか？」

ナイスフォローだ、小町！　俺も乗るしかない、このビッグウェーブに！　俺も小町に倣《なら》って一色を見やると、一色は考え考えしながら口を開いた。

「練習量はそこまでですけど、上下関係的なところや先輩との付き合いで大変かもですね」

「えー、意外。そういうのなさそうなのに……」

由比ヶ浜は、はえーと口を開けて驚いているが、俺は全く意外な気はしない。

「いや、俺にはわかる。アレだろ？　葉山《はやま》が『大志はさ、そのやり方でいいと思ってる？』みたいなこと優しげに言ってくんだろ？　あいつ、正解言わねぇくせに、なんかいいこと言った風なノリで上から目線でもの言うよな。あれは確かに大変だ……」

「偏見がすごい！」

「違う、経験だ」

由比ヶ浜の非難に俺は淡々と返す。実際、あれを味わったら、偏見なんて言えねぇぞ……。

しみじみ思っていると、雪ノ下がぽつりと呟《つぶや》いた。

「……姉さんと同じ論法ね」

そうそう、ほんとそれ。俺が無言で頷《うなず》くと、それを見た一色が苦々しげな顔をする。

「葉山先輩を何だと思ってるんですか……。葉山先輩のことじゃないです。戸部《とべ》先輩です」

「とべっちか……。とべっちは、うん、まぁ、うん……」

由比ヶ浜《ゆいがはま》は思い当たる節《ふし》があるのか、さっと目を逸《そ》らして言葉を濁す。優しいなぁ……。

「あの人、先輩風びゅんびゅんなんですよね……。後輩ができるの、嬉しいのか、やたら兄貴分ぶろうとするというか、イキりにイキってマウンティングしてくるというか……」

なのに、なんでいろはすは言っちゃうんですかね？　それもだいぶ忌々《いまいま》しげに言うよね？

「あー、イキリマウンテンなんですねぇ……」

小町《こまち》がほんほん訳知り顔で頷《うなず》いて適当なことを言う。なにそれディスティニーランドの新アトラクション？　怖すぎるでしょ……。ほら、大志《たいし》もビビって、苦笑いしてるし……。

「俺、そういうのはちょっと……」

現代っ子め……。と思ったが、俺もそういうのはちょっと……というタイプなので、あまり厳しくは言えない。

「運動部はどこも似たような状況でしょうね。体育会系はどうしたって上下関係や縦社会から逃れられないもの。……となると、文化部かしら」

雪ノ下《ゆきのした》が頤《おとがい》に手を当て、ふむと考えこむ。しかし、その呟《つぶや》きに、一色《いっしき》がふふっと薄い笑《え》みを浮かべた。

「……文化部の方がそういうのは根深いですけどね。男女で分かれてないとこも多いから、さらに揉《も》めるし」

「なにそれ経験談？　何部の話？」

妙に実感のこもった声音《こわね》がやけに恐ろしくて、つい聞いてしまった。だが、一色はにっこり笑うだけで、何も教えてくれない。ええ……、めっちゃ気になる……。もしかして、俺が知ってる部活かな……。

俺があれこれ考えていると、同じように考えこんでいた大志が不意に口を開いた。

「文化部かぁ……。あ、あの、ひ、比企谷《ひきがや》さんは奉仕部に入ってるの？」

「うん。ていうか、小町、部長だし」

「そうなんだ、へー……。あ、それじゃあ……」

大志が何か言いかけた。その言葉の先は聞かずともわかる。

だからこそ、俺はそれを遮《さえぎ》った。

「まぁ、まだ焦《あせ》るような時間じゃない。もうちょっと考えてみるか。じゃ、今日は終わりな。ちょっとお花を摘みに行ってくる」

「え……」

皆が戸惑う中、俺はさっと椅子《いす》を立つと、肩を回すついでに大志に向かってくいっと顎《あご》で廊下を指す。その意図は正しく伝わったようで、大志も慌ただしく立ち上がった。

「そ、それじゃ、俺も今日はこれで……」

「あ、うん、またね！」

小町《こまち》たちの別れの挨拶《あいさつ》を背に受けて、俺と大志《たいし》は部室を後にする。まぁ、気になる女の子の前で、俺からお説教じみた話をされたくないだろうし、それくらいの気は遣ってやろう。

廊下をしばらく進み、声が部室に届かないところまで来てから、俺は大志に振り返った。

「お前、マジでこの部活に入る気か？」

「……そうできたらとは、思ったっす。……やっぱお兄さん的にダメっすかね？」

大志はがしがし頭を掻《か》くと、照れくさそうにへへっと笑《え》みを浮かべる。

まぁ、確かに小町に近づく男に対して、言いたいことがないわけじゃない。小町狙《ねら》いで奉仕部に入ろうなど、許されざる所業だ。だが、それについてはまた別の機会に言うとしよう。

「……これは、小町のことを抜きにして、兄としての経験から思うことなんだがな」

そう前置きすると、へらへらしていた大志の顔つきが変わった。それを見て、俺は確信した。これだからシスコンは信用できる。きっと俺の言うことをきちんと理解してくれるだろう。

「……弟にそういう気の遣われ方するの、お前の姉ちゃん嫌がるんじゃねぇか」

「ははっ、マジで姉ちゃん嫌がりそうっすね」

大志は朗らかに笑った。そこに照れはなく、代わりに深い愛情が見て取れる。

「でも、そういうんじゃないんすよ。気を遣うとかじゃなくて、俺が恩返ししたいってだけなんで。……それに、姉ちゃんも、この部活なら喜んでくれるような気がするんすけどね」

「は？　なんで」

やけに清々《すがすが》しい顔で言う大志に、俺は思いっきり怪訝《けげん》な視線を向けた。すると、大志はにやーっと嫌な感じに笑い、冗談めかして肘《ひじ》で小突いてくる。うぜぇなこいつ……。

「やだなー、言わせないでくださいよ。おにーさん」

「お兄さんって呼ぶな殺すぞマジでさっさと帰れまた連絡する」

大志をあしらうのも面倒になって、俺は舌打ちすると、しっしっと大志を手で追い払って背を向けた。トイレに向かってずかずか歩き出す俺に、大志は大きな声で呼びかけた。

「ありがとうございます！　よろしくお願いします！」

その爽《さわ》やかな挨拶を背に受けて、俺は片手をあげると、しっしと手を振った。

まったく、これだからシスコンは始末に困る……。

×　×　×

宣言通り、お花を摘んでから部室に戻ると、女性陣は会話に花を咲かせていた。

「でも、大志くんの言うこともなんかわかるよね。あたしも妹がいたら、そういうの考えると思うし。いいなぁ……、あたしもお兄ちゃん欲しかったよー」

「あ、わかりますわかります。一人っ子にとっては憧れですよね」

由比ヶ浜《ゆいがはま》と一色《いっしき》がきゃいきゃい話している内容に、ほんほん適当な相槌《あいづち》を打ちながら、俺が自席につくと、にこにこスマイルの小町《こまち》がひどいことを言っていた。

「小町、兄はいらないですがお姉ちゃんは欲しいです。とても切実に」

「あー、お姉ちゃんいいよね～。服とかメイク道具貸し借りして、一緒に出掛けるの」

「いいですね～。服も化粧も実質半額ですもんね～。コスパ半端ない」

「そういうことじゃないと思うけど……」

理由はそれぞれあるようだが、皆往々にして姉への憧れを語っている。ただ、この場で唯一の姉持ちである雪ノ下《ゆきのした》だけが釈然としない様子だった。

「そうかしら……。姉なんて言うほどいいものじゃないと思うけれど」

「すいません、雪乃《ゆきの》先輩のとこは参考にならないんで、ちょっと黙っててもらっていいですか」

「……そ、そう」

一色《いっしき》にぴしゃりと言われ、雪ノ下がしゅんと項垂《うなだ》れた。いろはすの言ってること、めっちゃ共感できるし、普通に正論なんだけど、もうちょっと言い方考えてあげて？　例えばこんなふうに言い換えるといいんだよ？　と、俺は咳払《せきばら》いを一つして、お手本を示してみせる。

「まぁ、あの人は少し変わっているというか、規格外だからな……。一般的とは言えないいな」

「そう！　そうなのよね。あの人、少し変わってるのよ」

雪ノ下はぱっと顔を上げ、にこやかに微笑《ほほえ》む。ついでに、なぜかふふんと得意げだった。そういえばこいつ、陽乃《はるの》さんのこと結構好きなんだよな……。姉も姉で妹のこと好きだし。お互い愛情が歪んでて、全然理解できないけど……。

俺が雪ノ下姉妹の関係性に思いを馳《は》せていると、由比ヶ浜《ゆいがはま》が俺に話を振る。

「ヒッキーは？　お兄ちゃんかお姉ちゃん、欲しいって思わなかった？」

「ないな。俺の兄と姉だぞ。まず間違いなくアレに決まってる」

「何も言っていないに等しいのに、恐ろしいくらいに説得力があるわね……」

俺の即答に雪ノ下が引いていた。ろくに説明しなくても伝わるって楽でいいなぁ……。

「確かにお兄ちゃんだとあれかもしれないけど……。でも、ヒッキー、お姉さんいたら仲良さそうな気がする。……というか、ヒッキーはお姉さんぽい人とは、相性いいと思う、うん」

由比ヶ浜がなぜかむんと胸を張る。いや、体全体でお姉さんアピールをされても……。

と、思っていたら、その横では雪ノ下がさらりと長い髪を撫《な》でつけて、常よりもなお大人びた微笑みを浮かべていた。

「確かに。あなたのダメさ加減を許容できる包容力は求められるでしょうね」

「そうそう、それにヒッキー、うちのママのこと超好きじゃん！　年上と相性いいよ！」

「ばっかお前何言ってんだお前、あの人のことを好きじゃない奴はこの世に一人もいねぇんだよ。みんな好きなんだよいい加減にしろマジで」

「なんか意味不明な理由でめっちゃ怒られたっ!?」

怒るに決まってるだろ、俺はガハママ大好きなんだ。好きすぎて素直になれなくて、好き避けしちゃうくらいには好きなんだぞ。と、さらに熱弁を振るおうとした矢先、視界の端では雪《ゆき》ノ下《のした》がふむと訳知り顔をしていた。

「相性という意味合いではうちの母も相当ね。あなた、母にかなり好かれているもの」

「受動態にしないで？　あと初出し情報をここで解禁するのもやめて？」

俺は未《いま》だに、はるのん怖いと思ってるんだぞ。はるのんも普通に怖いし、なんなら最近はやっぱりゆきのんも怖いなぁと再確認している。……まぁ、怖いから嫌いというわけでもないのが、複雑なところなんですよね。饅頭《まんじゅう》怖い理論かな？

ここらで一杯お茶が怖いなぁ……と、湯呑みに手を伸ばすと、それを見計らったように、一色《いっしき》がふふっと笑いさざめく。

「でも、先輩、年下好きですよね～」

のほほんとお茶を飲みながら、一色が言うと、雪ノ下がふむと考えこむ。

「年上年下の定義ってなにかしら……」

「いや定義も何も年齢が上か下かしかないだろ……」

なにいってんだこいつ……、と訝《いぶか》しんでいると、雪ノ下はそっと視線を外し、手櫛《てぐし》で長い髪を梳《す》く。それがまるで御簾《みす》のように彼女の頬《ほお》を覆《おお》った。だが、隙間からはほのかに染まった頬が覗《のぞ》いている。

「そ、そう……。生年月日を基準に考えるのであれば、……一応、私もあなたの年下、ということになるけれど」

「……なりませんよ？」

恥ずかしさを押し殺しているのか、途切れ途切れの声で、探るように雪ノ下は言うが、そういうことにはなりません。年下とか年上って学年基準で考えることが多いですからね？　どんなに可愛《かわい》く言っても、あなた、俺と同級生ですよ？

危ない危ない。危うく、確かに！　年下かも！　とか思うところだった。あと少しで冷静さを失うところだった……。と、安堵《あんど》したのもつかの間、既に冷静さを欠いている人間がいた。

「誕生日だと、あれだから、あれは？　精神年齢！　それならあたしのほうが低い気がする！　そしたら、ヒッキーはお兄ちゃんだね！」

「いやその理屈はおかしい」

言ったものの、俺の声は届いていないらしい。由比ヶ浜《ゆいがはま》は今しがた自分が口にした言葉を反芻《すう》するように噛《か》み締めている。

「お、お兄ちゃん……。お兄ちゃんかぁ。……なんかいいかも」

くすぐったそうに言っては薄く桃色がかったお団子髪をくしくし撫《な》でて、幸せそうに微笑《ほほえ》む。長い睫毛《まつげ》がゆっくり降りて、柔らかそうな頬がふにゃりと緩《ゆる》み、艶《つや》やかな唇は何度も何度も、その言葉を囁《ささや》いていた。

ファミマの店内放送ばりのリフレインに、「……もしや、俺、お兄ちゃんなのでは？」と、思いかけたが、頭をぶんぶん振って振り払う。いや、どう考えても、由比ヶ浜《ゆいがはま》の方が精神年齢は上だ。めちゃめちゃ大人だぞ、お前は……。もしくは俺が幼すぎるという可能性もある。

さすがに由比ヶ浜も違和感を覚えたのか、はたと気づいて、ぱちっと目を開けた。

「あ、お兄ちゃんじゃだめかも」

どういう意味合いで口にされた言葉かは推測するほかないが、あえてそれを解釈することはせず、俺はただ自身の中の原理原則だけを口にする。

「お、おう……。そ、そうだな……。俺は小町《こまち》以外の妹はいらないから……」

サンキュー、マイリルシスター。おかげで血迷わずに済む。俺が切れ切れの声で紡《つむ》いだ言葉は、その分だけ、切実な響きを伴っていたのだろう。

向かいに座る小町は口元を両手で押さえると、瞳をうるうる潤《うる》ませて、およよよっと感動の嗚咽《おえつ》を漏らす。

「お兄ちゃん……、ううっ、ちょっとだいぶ気持ち悪いけど、ありがとう。小町も、お兄ちゃんはひとりで充分だよ。むしろ手に余るよ。もうお腹いっぱいです……」

「お米ちゃんひどいなぁ……」

あまりに辛辣《しんらつ》な小町の物言いに、さしもの一色《いっしき》も俺に同情的だった。しかし、当の小町は実にけろりとしている。

「まぁ、妹にとっての兄なんてそういうものですよ」

「確かにね。妹にとっての姉も、そういうものかも」

小町と雪ノ下《ゆきのした》は顔を見合わせ、ふっと笑《え》む。それは妹だけが感じうるシンパシーなのかもしれない。秘密の共有をするような微笑の交換には余人が容易《たやす》く踏み込めない雰囲気があった。

「やっぱいいなぁ……、妹……」

「そうですか？　妹なんていたらわたしとキャラ被りません？　年下ポジ渋滞しますよ？」

由比ヶ浜は有り余る憧憬をもって見つめ、一色は余計な心配をもって眺めている。いや、ほんと余計な心配だな……。大丈夫だよ、いろはすはオンリーワンだよ……。ちなみにうちの小町は妹キャラのナンバーワンなんですけどね！（俺調べ）

「あ、小町、ちょっと思いついたことあるんですけど、いいですか？」

「もちろん。部長はあなたよ。小町さん」

雪ノ下が信頼を込めて名前を呼ぶと、小町は嬉しそうに身を震《ふる》わせ、うんうんと何度も頷《うなず》く。そのたびにアホ毛がぴこぴこ揺れた。

「それでは、作戦会議を始めますので、ちょっとお耳を拝借……」

言って、小町は殊更《ことさら》に俺たちを手招く。この部室には俺たちしかいないのに、ひそひそ話がしたいらしい。……まぁ、そのほうが作戦会議っぽいな。俺たちは顔を見合わせて苦笑すると、前のめりになって、小町の語る作戦とやらに耳を傾ける。

だが、みんながみんなより集まったせいで、耳にかかる吐息や鼻をくすぐる甘い香りにぞわざわしてしまい、肝心の作戦案は半分くらいしか頭に入ってこない。

ばっちり聞き逃しているうちに、作戦会議は終了してしまった。

やっべ、大丈夫かな……。不安に思って他の面々を見やれば、俺以外はしっかり理解しているらしい。なら、平気か。部員である後の二人が見てくれるだろうからヨシ！

「……そう。小町《こまち》さんらしいやり方ね」

雪ノ下《ゆきのした》がうんと静かに頷《うなず》くと、小町はちょっと照れたように頰《ほお》を掻《か》く。

「そうですか？」

「ええ。明確な解決ではないけれど、少し心が軽くなるような、優しいやり方」

「うん。いいと思う！」

由比ヶ浜《ゆいがはま》も微笑《ほほえ》んで、小町の頭を撫《な》でりこ撫でりこする。二人にそう言ってもらえるのは嬉しくもどこか面映《おもは》ゆい。

「まぁ、いいんじゃないですか。……わたし、部員じゃないし、関係ないですけど」

一色《いっしき》はどこか拗《す》ねたように言ったが、作戦事態に不満があるわけではなさそうだ。ちらっと俺と小町へ交互に視線をやると、ふっと笑む。

「……やっぱり似てますね。先輩と」

「いえ、似てはいないです」

小町はぶんぶん手を振り真顔で答える。

ええ……、頑《かたく》な……。そこはもう似てるでいいじゃん……。

×　×　×

翌日の放課後、部室へ行く前に、俺と小町は正門前に立ち寄っていた。

傍《かたわ》らには依頼人である川崎大志《かわさきたいし》の姿もある。大志は不安げな顔で校門の外をチラチラ見ては、しきりにため息を吐《つ》いていた。まぁ、心配になるのもわからんではない。

なんせ作戦らしい作戦はないのだ。小町の提案した策は実にシンプルなものだった。どれくらいシンプルかと言えば、『THE　小町』としてシンプルシリーズでリリースできるレベル。

それ故、必要な人手は最小限。俺と小町がいれば事足りる。無論、人が少ない方が先方も話しやすかろうという目論見もある。これから相手取る先方はなかなかに御しがたく、どんな反応をするか予測がつきづらい。少なくとも、俺では交渉らしい交渉はできないだろう。

だが、交渉を担当する小町に、取り立てて不安に思っている様子はない。まだかなまだかなーと鼻歌交じりに外を見ており、余裕綽々《よゆうしゃくしゃく》、それどころか心待ちにしているようだ。

果たして、その交渉相手は待ち合わせ場所にやってきた。

青色がかった長い黒髪をシュシュでまとめたポニーテールがゆっくり揺れて、それにワンテンポ遅れて、二つくくりにしたおさげ髪がぴょこぴょこ跳ねる。

川崎沙希《かわさきさき》と、その妹、川崎京華《けいか》だ。

俺たちの姿を認めると、京華はぶんぶんと手を振り、てとてと駆け寄ってくる。

「小町《こまち》ー！」

「京華ちゃーん！」

小町は京華を優しく抱き留めると、わしわし頭を撫《な》でる。くすぐったそうに目を細める京華のご機嫌は大変麗《うるわ》しいようだが、一方で川崎は困惑しきりの様子だ。

「一応呼ばれたから連れてきたけど……。あの、なんなのこれ……」

ろくろく事情を聞かされずに大志《たいし》から呼び出されたのだろう。俺と小町、そして大志を胡乱《うろん》げに見ては眉《まゆ》をハの字にしていた。まぁ、事ここに至れば説明してしまった方が手っ取り早い。

「ああ、悪い。大志が部活選びで悩んでてな。ほら、俺らもいろいろあるだろ？　それで……」

「あーっ！　ちょちょちょ、お兄さん！　なに言ってんすか！」

大志は俺の言葉を遮《さえぎ》ろうと、わぁわぁ騒いで、俺と川崎の間に割って入る。そして、非難がましい視線を向けてきた。いや、別にお前、秘密にしてくれとか言ってないし……。

それに、おそらくは言うまでもないことなのだ。

「……そんなこと、気にしなくていいのに」

川崎は眉間《みけん》にしわを寄せ、つんと唇を尖《とが》らせていたが、その声音《こわね》は柔らかい。どうやら俺の説明をみなまで聞かずとも、おおよそのことを察したらしかった。

「いや、でもさ……」

優しげな、ともすれば悲しげにさえ見える眼差《まなざ》しで見つめられ、大志はしどろもどろになってしまい、言いかけた言葉も消え失《う》せる。

「……でも、やっぱり気になるものですよ。下の子としては」

言葉の続きを口にしたのは小町だった。大志は勢いよく頷《うなず》いて同意した。

「あ、うん。それはわからなくはないんだけど……。やっぱあたしがやるべきことだし……」

川崎は少し困ったように言い募《つの》るが、小町はそれをにっこり笑って受け流した。

「……なので、ちゃんと下の子の気持ちを尊重してあげたいなって小町的には思うんですよね」

言うと、小町はすっとしゃがみ込み、京華と同じ目線に立つ。それに川崎と大志はそろって首を傾《かし》げた。だが、何も不思議なことはない。

小町の交渉相手は最初から川崎京華だ。

「あのね、京華ちゃん。お姉ちゃんはこれからちょーっと忙しくなって、あんまりお迎えに来れなくなるかもなんだ。おうちにいるときも、一緒にいる時間が減っちゃうかもなんだって」

未《いま》だ幼い京華に言葉を尽くして説明しても、どれだけ理解を得られるかはわからない。けれど、だからといって伝えなくていいわけではない。何より、幼いがゆえにその意思を無視していいはずがないのだ。

小町が言葉を選んで語り聞かせると、京華は二、三度目を瞬《しばたた》いてからこくりと頷いた。

「そうなんだ……」

京華《けいか》の大きな瞳には戸惑いや悲しみが浮かび、やがてじわりと潤《うる》んで、滲《にじ》んでくる。それを見た川崎《かわさき》は顔を曇らせ、京華を抱きよせようと手を伸ばしかけた。

だが、それより先に小町《こまち》がぎゅーっと京華を抱きしめる。

「でもね、お姉ちゃんの代わりに大志《たいし》くんが一緒にいてくれるかもだよ！」

ことさらおどけて、楽しげに、明るい調子で言うと、京華もふふっと笑った。そして、誰の真似だか大人びた口調でもって、むんと胸を張る。

「たーくんかぁ……、うん、まぁ、しかたない」

「へ？　しかた……、え？　……京華、お兄ちゃんのこと嫌い？」

大志が震《ふる》える声音《こわね》で問うと、京華はちらと一瞥《いちべつ》くれて、にべもなく言い放つ。

「普通」

「ふっ……、そ、そうか。嫌われてないから、いいか……」

「ポジティブだなお前……」

「あ、えっと、けーちゃんは大志のこと、ちゃんと好きだと思うけど……」

川崎が少し慌ててフォローを入れると、それを聞いた小町がくすりと笑う。

「ま、そうだよね。お兄ちゃんって、好きって言いづらいよね。ダメなとこたくさんあるし」

「わかるー！　小町もそうなの？」

「うん、そうだよー。全然掃除しないし片付けもやんないのに、急に思い付きでカーペットにコロコロかけ始めたりするの、本気で鬱陶《うっとう》しい」

「わかる。男は細かいくせに気が利かない」

小町は声音こそ柔らかいが、言ってることは結構辛辣《しんらつ》だ。一方で、京華の言葉はおままごとめいた口ぶりながら、正鵠《せいこく》を射《い》ているかもしれない。川崎が無言でうんうん頷《うなず》いている。

それからも二人のダメ出しは延々続く。俺と大志はそろって肩を落とし、反省していると、不意に小町の声音が和らいだ。

「……でも、たまにいいよね、お兄ちゃん。うちはねー、一緒にプリキュア見るんだよ」

「おー、きゅあぐれーす……」

「そうそう。それで、一緒に真似して遊んだりね」

小町が言った瞬間、川崎がドン引きした様子で俺を見る。

「あんた、なにしてんの……」

「いや、ほら、昔の話だから……」

などと、俺が言い訳がましく言った瞬間、京華の元気な声が響く。

「うちもやるよ！　さーちゃんと！　ね？」

急に話を振られた川崎が恥ずかしさのあまり、顔を覆《おお》っていた。いや、別にわかってるからいいよ……。君、すごくいいお姉さんだもんね……。そりゃプリキュアもやりますよ……。

俺がほんわかした気持ちで川崎《かわさき》と京華《けいか》とを眺めていると、うちのプリキュアがんんっと小さく咳払《せきばら》いをする。おっと、いけねぇ、完全に作戦を忘れてたぜ……。俺もまた、小さく咳払いをし、了解と合図を送った。

果たしてここに、大軍師比企谷小町《ひきがやこまち》の策はなる。It's Party Time!

「うちのお兄ちゃん、結構すごいんだよ。勉強教えてくれたり、一緒にご飯作ったりするの。そんで困ってる人を助けたりしてさ、……結構かっこいいんだ」

「けーかも！　けーかんとこもすごい！　聞いて、たーくんテニスすごいんだよ。かっこいい」

これぞ兵法三十六計がひとつ『無中生有《むちゅうしょうゆう》』。またの名を、兄自慢合戦だ。

ありもしない兄のいいところをさもあるかのように語ることで、京華からも兄のいいところを聞き出す……。こんなご機嫌な策を考えるなんて、さてはあいつパリピ軍師では？

「そうなんだ。いいね。かっこいいじゃん」

「うんっ！　けーか、かっこいいたーくんは好きだよ？」

小町がふふっと微笑《ほほえ》んでこちらを見ると、それにつられて京華もこっちを向く。そこにあるのは最高に可愛《かわい》い妹の笑顔。さながら、重なる二つの花だ。

「え、お、おお……」

大志《たいし》はもはやまともな声も出ず、感動に咽《むせ》び泣いている。さて、ここからのもう一押しは俺の仕事だ。

「……だってよ。妹にかっこいい姿見せるのもお兄ちゃんの甲斐性だぞ」

とんと、文字通り軽く背中を押してやると、大志はふらふらっと京華のもとへと踏み出した。だが、未《いま》だに残った一かけらの理性が大志に後ろを振りまかせてしまう。

「い、いや、でも姉ちゃんに悪いし……」

ふむ。まだ押しが足りないか。……さて、それでは仕上げとまいりましょう。

「別にいいだろ。お前の姉ちゃんも、弟や妹にいいとこ見せたくて頑張ってんだろうし」

「ちょ、ちょっと……！」

川崎は慌てて俺の肩を掴《つか》み、止めようとする。だが、彼女から否定の言葉は出てこなかった。それだけで大志には充分だったのだろう。大志は鼻の頭を掻《か》いてへへっと笑う。

「……俺、全国行きますよ」

やけにかっこよく言い放ち、大志は京華のもとへ駆けだして行った。

まぁ、テニス部のことなら戸塚《とつか》に相談すればなんとかなるだろう。うまいこと折り合いをつけてくれるに違いない。丸投げしてしまって申し訳ないが、ひとまず任務完了だ。

けして解決らしい解決はしていない。問題も解消されてはいないだろう。

だが、小町らしい寄り添い方だと思う。確かに、雪ノ下《ゆきのした》の言う通りだ。

安堵《あんど》の息を吐《つ》いていると、小町がてとてとやってきて、川崎に声をかけた。

「沙希《さき》さん。もし、兄と妹のことに関してお困りのことがあれば小町にお任せください！　小町はプロの妹ですからね。どーんとこいです！　まぁ、ぶっちゃけよそのおうちのこととなると、どこまで責任取り切れるか非常に怪しいのですが！」

「なにそれ、正直すぎ。けど、……うん。なんかあったら頼ろうかな。……ありがと」

あまりに直截《ちょくさい》な小町《こまち》の物言いに、川崎《かわさき》は苦笑していたが、やがてそれは柔らかな微笑《ほほえ》みに変わる。それじゃ……と、小さな声で言うと、川崎は控えめに手を振って、大志《たいし》と京華《けいか》のもとへ歩いていく。

並んで歩く川崎姉弟妹の遠ざかる後ろ姿を見送っていると、小町が不意に呟《つぶや》いた。

「……いいよね、かっこいいお兄ちゃん。ちょっと憧れる」

「その言い方だとまるで俺がかっこよくないみたいに聞こえるな」

「そう言いましたけれども……。どこにかっこいい要素があるのでしょうか……」

げんなりした表情の小町に、俺はわざわざきりっとした顔を見せつける。

「黙って目を瞑《つぶ》ればそこそこそれなりに見れる顔だろ」

小町は頑張って矯《た》めつ眇《すが》めつしていたが、やがて諦めて肩を落とした。

「心の目を過信しすぎでは……。さすがにこの小町の目をもってしても見抜けない……」

「ははは、修業が足りんな。……主に俺の修業がだが」

「ほんとだよ……。そんじゃ、部室戻りますか」

言うと、小町はくるっと踵《きびす》を返し、校舎へ向かって歩き始める。正門を抜けるころには、その足取りは鼻歌交じりのスキップに変わっていた。

「……まぁ、そのうちかっこいいとこ見せてやるよ。あと一年は一緒だしな」

昇降口へとつながる大階段をたったかたったか駆け上る小町の背中に声をかけ、俺はその後ろをゆっくりとついていく。

あんまり急いじゃもったいない。なんせ俺と小町が同じ学校で過ごす最後の一年だ。飽きるまで堪能させてもらうとしよう。

一段一段踏みしめて、ようやく俺が追いつくと、小町は最上段でスカートをひらっとはためかせ、くるりと振り返った。

「あと一年じゃなくて、一生だよ。……だから、ずっとかっこいいとこ見せてね」

言って、小町は風に靡《なび》く髪を押さえ、大人びた微笑みを浮かべる。それは十五年付き合ってきた俺でさえ、見たことのなかった美しい立ち姿で、俺は見とれてしまった。

「……なーんて、今の小町的にポイント高い！」

かと思えば、ダブル横ピースでおどけて見せ、幼いころと同じ、弾けるような笑顔を見せる。

飽きるまで堪能？　バカ言うな。飽きるはずがない。堪能しようと思ったら、俺の人生足りなすぎる。一生かかっても足りねぇよ。

こんなの、やはり妹さえいればいい……ってなっちゃうだろ？

了

Author's Profile

田中ロミオ
Romeo Tanaka

作家、シナリオライター。ゲーム『CROSS†CHANNEL』など多くの脚本を務める。著書に、『人類は衰退しました』シリーズ（ガガガ文庫）、『AURA～魔竜院光牙最後の闘い～』（ガガガ文庫）、『マージナルナイト』（KADOKAWA）などがある。

白鳥士郎
Shirou Shiratori

作家。著書に、『らじかるエレメンツ』シリーズ（GA文庫）、『のうりん』シリーズ（GA文庫）、『りゅうおうのおしごと！』シリーズ（GA文庫）などがある。

天津向
Mukai tenshin

お笑い芸人、作家。著書に、『芸人ディスティネーション』シリーズ（ガガガ文庫）、『クズと天使の二周目生活』シリーズ（ガガガ文庫）などがある。

伊達康
Yasushi Date

作家。著書に、『瑠璃色にボケた日常』シリーズ（MF文庫J）、『結局、ニンジャとドラゴンはどっちが強いの？』シリーズ（MF文庫J）、『友人キャラは大変ですか？』シリーズ（ガガガ文庫）などがある。

丸戸史明

Fumiaki Maruto

作家、シナリオライター。ゲーム『この青空に約束を―』、『世界でいちばんNGな恋』など多くの脚本を務める。著書に、『冴えない彼女の育てかた』シリーズ(富士見ファンタジア文庫)などがある。

渡 航

Wataru Watari

作家。著書に『あやかしがたり』シリーズ(ガガガ文庫)、『やはり俺の青春ラブコメはまちがっている。』シリーズ(ガガガ文庫)など。『プロジェクト・クオリディア』では、作品の執筆とアニメ版の脚本も務めている。

あとがき（伊達《だて》 康《やすし》）

皆様、ご機嫌いかがでしょうか。伊達康と申します。

このたび『やはり俺の青春ラブコメはまちがっている。』のアンソロジーにて、材木座《ざいもくざ》のエピソードを書かせて頂きました！

自分が参加させてもらえるとは思わなかったので、光栄でありつつもドキドキしました。ある意味、自身の作品より気合いを入れて臨みましたが……いかがでしたでしょうか。

執筆に当たっては、文庫本の材木座が出てくるページに付箋《ふせん》をつけ、その部分を重点的に読み直し、改めて材木座義輝《よしてる》への想いを深めていきました。付箋なんて、かつて教科書や参考書でもつけたことはありませんでした。

少しでも皆様に楽しんで頂けるものになっていたら幸いでございます。

特に、材木座ファンの方々に「私の義輝はこんなんじゃない！」「材木座きゅんをバカにしないで！」「こんなザイモ認めないわ！」とお叱《しか》りを受けないことを祈るばかりです。

最後になりましたが、『俺ガイル』のシリーズ完結、本当にお疲れ様でございました。

素晴らしい大作を生み出してくれた渡 航《わたりわたる》先生に、心から敬意を表して――

伊達　康

あとがき（田中《たなか》ロミオ）

俺はまち（俺専用略称）完結おめでとうございます。

本編完結後の短編集って、いいモンですよネ。完結を祝して、私からも短編を二本寄稿しました。アンソロジー短編集が四冊出るそうなので、一本ずつ別の巻に収録されるのでしょうか？　楽しんでいただければ幸いです。

ところで本作の主人公である八幡《はちまん》はかなりのラーメン好きですが、私は同じくらいの情熱で定食が好きです。

個人経営店を開拓するのもいいが、立地の関係から頻繁にやよい軒を利用します。高円寺あたりのおしゃれカフェでしばしば出てくる、大皿にバンズやレタスやピクルスやらの具材が並んでいてセルフで組み立てるタイプのハンバーガーに「最初から完成品として出せい！」と憤る気難しい四十代男子である私にとって、定食こそ完全無欠の鉄板外食メニューです。

やよい軒でのおすすめ、それはなす味噌《みそ》と焼き魚の定食。一択。

なす味噌だけでも十分なのに、焼き魚と冷や奴までついてきて、無料の漬物まであるとなれば、ごはんがいくらあっても足りない。嬉しいことにやよい軒はおかわり無料。ごはんを食べ過ぎると眠くなってしまう私にかわって、皆さんは最低三杯はおかわりするように（女性もだ）。大丈夫。おかずは足りるよ。

やよい軒に10回立ち寄ったとして、うち9回はなす味噌《みそ》を注文する私にとって、やよい軒は実質『なす味噌と焼き魚の定食軒』であります。

あとがき（天津《てんしん》 向《むかい》）

どうも。天津 向です。この度は『俺ガイルアンソロジー』に参加させて頂き、本当に感謝です。読んで頂きありがとうございました。

今回のアンソロジーの話を頂いた時、真っ先に書きたいと思ったのがこの平塚《ひらつか》先生と八幡《はちまん》の話でした。好きなんです。平塚先生が。もうはちきれんばかりに好きなんです。だから書いていけばいくほど楽しくなって、もはや最後には「俺は天津 向ではない。比企谷《ひきがや》八幡なのだ。そして八幡の真のハッピーエンドは平塚先生とくっつくことなのだ」とぶつぶつと言っていたくらいです。いやー、不審者。

だからと言っては何ですが、僕が書いた平塚先生は、こうあって欲しい、という一個人の願望が詰まっており、本編の平塚先生っぽくないシーンがあるかもしれません。それはすみません。許してください。でも願望なので許してください。

あと『雪ノ下雪乃《ゆきのしたゆきの》編』と『川崎沙希《かわさきさき》編』も書かせていただいてます。こちらも楽しく書かせてもらったので是非そちらも見てもらえたらと思います。

こんな機会をくださったガガ文庫編集者の皆さん、そして何より渡航《わたりわたる》先生。本当にありがとうございました。

天津 向

あとがき（丸戸史明《まるとふみあき》）

どうも、丸戸史明といいます。

渡航《わたりわたる》先生とは某アニメ円盤の特典アンソロジー小説でご一緒させていただいたご縁で、このたびこのようなご光栄を賜《たまわ》り……って最初に依頼が来た時『いや君の作品ってファンが怖……とても文学的素養のある方ばかりだから僕みたいなエンタメ脚本家は尻込みするんですけど！』と泣きの連絡を入れたのですが許していただけず、結局、末席を汚すこととなりました。

ただまぁ、そのようにゴネたことにより、主要キャラクターの選択権だけは何とかこちらが手に入れ、結果、このような誰得なSSが出来上がることになりました。

というのも、僕は、この作品の一巻の頃から一番注目していたキャラクターが今回のメインを務める葉山隼人《はやまはやと》という、（男性としては）あまりお行儀のよくない読者でして。そんな訳で四巻のアレも、六巻のアレもめっちゃわくわくしながら読み進め……で、それ以降となると逆に立ち位置があまりにも核心に近くなり過ぎたせいなのか、作者も色々と配慮した様子で、彼の発言が結構回りくどく、謎めくようになり、余計にこちらの妄想を掻《か》き立てられ悶絶《もんぜつ》するという悪循環に陥ってしまいまして……まぁ、でも、そんなのどうでもいいよねなんたって作者より一年も早く上げたんだから（禁句）。

おかげで今回の校正で、『平成終わるんだよもう？』って文章を直さざるを得なかったんだよどうしてくれるんだよもう……

謝辞（渡航《わたりわたる》）

白鳥士郎《しらとりしろう》様、伊達《だて》康《やすし》様、田中《たなか》ロミオ様、天津《てんしん》向《むかい》様、丸戸史明《まるとふみあき》様。ありがとうございます。皆様にご寄稿いただいて、ありとあらゆる感情が綯《な》い交ぜです。一言でいうなら多幸感です。ラブ&ピースで合法トリップでした。また改めて御礼お伝えさせていただきたく存じます。

うかみ様、しらび様、紅緒《べにお》様、戸部《とべ》淑《すなほ》様。イラストを拝見する度にドキドキわくわくしてきゅんと切なく甘やかな幸せに包まれました。これはもう恋を超えてます。愛でも足りないくらいのありったけの感謝と感情がオンパレードでした。本当にありがとうございます。

ぽんかん⑧神。ありがとうゴッド。サンキューゴッド。感謝ゴッド。よろしくゴッド。

担当編集星野様。ありがとうございます！　なぁに、次こそは余裕ですわ！　ガハハ！

ガガガ編集部の皆様、並びにご協力いただいた各社様。各作家様イラストレーター様へのお声がけ、編集にご協力いただきまして大変感謝しております。誠にありがとうございました。

そして、読者の皆様。このアンソロジー企画のように俺ガイルの世界が今もまだ広がって、続いていくのは皆さまのご声援のおかげです。あなたが読んでくれるから、私は今も書いています。本当に感謝で胸がいっぱいです。ありがとうございます。君がいるから俺ガイル！

次は、『やはり俺の青春ラブコメはまちがっている。アンソロジー3　結衣《ゆい》ｓｉｄｅ』でお会いしましょう！

二月某日　字数ＭＡＸページＭＡＸ缶コーヒーもＭＡＸを飲みながら　渡航

GAGAGA

ガガガ文庫

やはり俺の青春ラブコメはまちがっている。アンソロジー2
オンパレード

渡 航ほか

発行 2020年3月23日 初版第1刷発行
2020年4月18日 第2刷発行

発行人 立川義剛

編集人 星野博規

編集 星野博規 林田玲奈

発行所 株式会社小学館
〒101-8001 東京都千代田区一ツ橋2-3-1
[編集]03-3230-9343 [販売]03-5281-3556

カバー印刷 株式会社美松堂

印刷・製本 図書印刷株式会社

Printed in Japan ISBN978-4-09-451836-8